中国文学名家小小说精选丛书

穿越历史的微笑

陈顶云 著

江西高校出版社
JIANGXI UNIVERSITIES AND COLLEGES PRESS

南 昌

图书在版编目（CIP）数据

穿越历史的微笑 / 陈顶云著 . -- 南昌 : 江西高校
出版社 , 2025. 6. -- (中国文学名家小小说精选丛书).
ISBN 978-7-5762-5715-1

Ⅰ . I247.82

中国国家版本馆 CIP 数据核字第 2025KV2304 号

责 任 编 辑　曹　莉
装 帧 设 计　夏梓郡

- -

出 版 发 行　江西高校出版社
社　　　　址　江西省南昌市新建区工业二路 508 号
邮 政 编 码　330100
总 编 室 电 话　0791-88504319
销 售 电 话　0791-88505090
网　　　　址　www. juacp. com
印　　　　刷　鸿鹄（唐山）印务有限公司
经　　　　销　全国新华书店
开　　　　本　650 mm×920 mm　1/16
印　　　　张　13
字　　　　数　160 千字
版　　　　次　2025 年 6 月第 1 版
印　　　　次　2025 年 6 月第 1 次印刷
书　　　　号　ISBN 978-7-5762-5715-1
定　　　　价　58.00 元

赣版权登字 -07-2025-43

图书若有印装问题，请随时联系本社 (0791-88821581) 退换

CONTENTS
目　录

穿越历史的微笑

第一辑

绮丽梦幻

◀ 穿越历史的微笑

邓博士抬起手腕看看表，现在是 5000 年 12 月 12 日 12 时 12 分，他按下按钮。大屏幕上，两艘飞船正无声无息地按时起飞！它们载着最后的人类，瞬间消失在茫茫宇宙里。

邓博士笑了，笑得有些勉强。他倒了一杯咖啡，三千年前的历史记录又在眼前重播。

人们为了金钱这东西，毁坏了成片森林，污染了大量水域，制造了那个叫"霾"的东西，地球从此就阴多阳少了。大地日益沙漠化，能种出的粮食也不多了，饮水成了最大的生活问题。

邓博士出生那年，地球能源几乎耗尽，有很多科学家坐着飞船走了，他们发现了新的能居住的星球。也有很多沾亲带故的人被他们带走了，也消失在浩渺的宇宙里。

邓博士长大后，据他推测，所有走了的人之所以到现在还没有和地球人联系，他们大概飞得超出了地球人的想象，正降落在卫星探测不到的某个星球上，过着快乐的日子。也或许成了宇宙里的尘埃，融化在太阳系的强光里。

总之，他们真的与地球失联了。

邓博士又抬腕看看表，他也该走了，他知道，他送出去的这两飞船人也是有去无回的，飞船的速度太快了，才钻出大气层就和地面失去了联系，他们的目标是遥远的天狼星。

邓博士开着水陆两用车钻入大海，在大海深处，有他半辈子的心血，那里建了一个不知能不能躲过此劫的海中城堡，里面住满了花高价住进来的居民。这些居民暂且就叫新人类吧。

他看着固若金汤的城堡笑了，笑得有点苦涩。

他返回身走进那座叫元谋的大山，大山被掏空了，里面生活用品一应俱全，流水叮叮咚咚地顺山而下，这可是这儿新人类的生命之源。为了能留住这股清泉，邓博士花光了所有财产。这儿也是他的一个试验基地，新人类的智商几乎为零，他们光着屁股打闹着，过着快乐的群居生活。据邓博士研究，这是地球上唯一一座不会爆发火山的山。

邓博士登上山顶，望着星空发呆。亲人们，你们此刻在哪儿？我之所以没把自己送进宇宙，因为我已经对现在的人类失去了信心。

离火山爆发只有半个小时了，邓博士发出警告信号，海中城堡的新人类严阵以待，山肚子中的新人类听到警报也静下来关上了石洞门。邓博士知道，无论剩下哪一方，地球将来还是地球，还会有人类繁衍，他们将又是人类的祖先。如果他们都死了，那也是上天对人类的惩罚。

离预测的火山大爆发只有十分钟了，站在山顶上的邓博士拿起高倍聚焦望远镜。

远处狼烟滚滚，已经有火山在蠢蠢欲动！尽管知道这天早晚要来，邓博士还是禁不住颤抖！

大地也颤抖了！

远处的山头上火柱擎天！浓烟滚滚而来！该来的还是来了！这个年代的科学家堪比预言家，说什么就是什么。

岩浆在大山脚下蔓延，一直流向大海，大海里的鱼儿熟了，飘满了整个海面，不知海城堡里的新人类会怎样？

大海里的火山也爆发了，海水一直暴涨，淹没了大片田地、数座高山。一直如邓博士预料的那样，涨到这座山脚下停止了。

火焰几乎烤熟了邓博士，火山灰呛得他几乎晕厥，他坚持着，一直坚持了三天三夜。这三天里，他没离开过望远镜一步。他想要知道，火山爆发后会留下什么。

三天后，火焰慢慢弱了下去。但火山灰还是猖獗地无孔不入，邓博士觉得他要窒息了。他也绝望了，除了他重塑的山洞里的新人类和海城堡里的新人类，世界上还能剩下什么？

邓博士昏了过去。

等他再醒来的时候，久违的阳光照在身上很舒服。雾霾没有了，也许雾霾里的有毒物质被火焰烤没了吧？世界又是一片清明！

邓博士拿出望远镜又看，在山涧深处，一个新人类在跳跃摘果，山脚下的大海里，新类人鱼也在那里自由游泳。

邓博士笑了,那是他的杰作,他动用先进技术让人类退化到了几十万年前的智商。他用尽最后力气在大青石上刻下:公元5000年12月12日12时12分,最后一批人类登上宇宙飞船飞往天狼星,地球陷入火山大爆发里,新人类又在不断进化,山洞里的新人类脱离群居生活……随着大海退却,大海里的新人类慢慢走出大海……切忌霾……

邓博士刻完字,微笑着死了。

后来,人们发现了这些文字,人类之所以能在地球上轮回,是因为在每个轮回里,总有一位科学家向最后的人类植入不断裂变的脑细胞,让他们退化成元谋人的智商水平。这种文化被称为新人类元谋人文化,这种文化,能让人类生生不息并繁衍着。

邓博士最后的微笑定格在历史的长河里,为人类添姿加彩。

(本文发《荷风》杂志 2022 年冬季卷)

◀ 夜半歌声

　　我是一个文学爱好者，虽然发表了一些豆腐块儿，但有文友一针见血地说，没有想象力！

　　您也许不知道，想象力对写作者有多重要！这么跟您说吧，"没有想象力"就等同于枪毙了这位作者的文学之路！

　　文友给我介绍了一位文学大咖，他让我多读读这位前辈的文字。读着读着，我就察觉出了自己的不足。这位前辈的小说写得亦真亦幻，但不是什么玄幻仙侠之类的，而是仿佛就在你身边发生的故事一般，很有嚼劲儿。

　　恰巧出差去前辈居住的那座城市，我打算去拜访一下这位前辈。

　　到那座城市时，已是黄昏。可行程已定，只好连夜去拜访前辈。

　　没有前辈的电话，更没有他的微信、QQ之类的联系方式。

　　前辈是本地名人，应该有很多人知道他。

经过多方打听，辗转坐车，终于来到前辈居住的城市边缘地带。打听一位小卖部的胖老板，胖老板疑惑地上下打量我，我也疑惑，忙四下逡巡一下胸前身后，看看哪里有异样。

　　胖老板一指那条幽暗的小巷，幽幽地说，姑娘，就在那条小巷尽头！

　　才九点多钟，小巷里却不见一个人影，几只昏黄的灯光把我的影子拉得身前身后乱转。高跟鞋的咔踏声在幽深的小巷里回响。想想小卖部老板怪异的眼神，蓦然觉得身后有目光射来，猛回头，却见自己的影子相随，不禁哑然失笑。

　　小巷尽头是对门两家人。敲响东面那家，一位老妇人颤巍巍开门，我问她是前辈的家吗？她嘴里咕哝一句神经病，哐当关了门。

　　无奈，我又敲响西面那家门。一位瘦小枯干的老头儿开了门。老头儿看见我，眼前一亮，姑娘你找我？

　　我说您是某某前辈吗？老头儿说是。

　　前辈的家实在不敢恭维，家具破旧寒酸，墙上一个老式挂钟滴嗒有声，唯有那台嘶嘶作响的台式电脑引人注目。

　　前辈看我正在看他电脑上的草稿，嘴里说着见笑见笑，忙关了电脑。

　　我的目光溜到墙上，一张黑白照片有些年头了，一位美女巧笑倩兮。前辈也看向照片，暗了眼神，幽幽叹息一声，可惜呀，好时光不再了！

　　我说明拜访前辈的来意。前辈呵呵笑了，想象力嘛——就看你敢不敢大胆去想了。

我赶紧做洗耳恭听状。

就比如说我吧，一个人独自待惯了，别人看我怪，我却有自己的精神世界！比如说我的夫人吧，别人说她是死老婆子，可我还时常听她半夜唱歌，帕瓦罗蒂那种，特高亢嘹亮，特好听！姑娘你不信？真的，十二点的钟声敲响的时候，她一定会踏着歌声来看我！

我下意识看看挂钟，刚刚十点整。

对于老人思念老伴儿出现的幻觉，我不想多做评论。就和前辈讨论起写作技法来。前辈也许多日没有聊伴了，一说到他毕生追求的文学就来劲儿，从外国文学谈到中国的古典，从现代人不读书的浮躁心理又谈到亦真亦幻的写作技法，让我眼界大开。

不知不觉中，十二点的钟声敲响了！

前辈蓦然拉灭了灯！

外面蓦然响起帕瓦罗蒂的我的太阳！苍老凄凉！

我下意识地啊了一声。黑暗里，前辈笑了，真瘆人！

前辈问我现在在想什么？

我说想逃跑！

事实上，我也站起了身子，一个姑娘家不宜深夜宿在别人家，尽管是德高望重的前辈家。可外面的歌声正一步步逼来，我没有勇气去开门。

灯忽然亮了，歌声戛然而止！

我严重怀疑是前辈做了手脚。我打算离开，门不知什么时候开了，一位弓腰驼背满脸皱褶的老妪出现在门口。

死老婆子，回来这么晚，家里来客了，快收拾房间让姑娘住下。

我吓得躲到前辈身后。

前辈哈哈大笑，墙上那个照片是她年轻时的剧照。她现在每晚都会出去和夕阳红们排练节目，回来晚了害怕，就唱歌壮胆，惹得邻居们老多意见！也害得我十二点以前不敢睡觉，给她留着灯。

前辈望着我狡黠地笑了。

我当即想到了这篇小说的题目，告诉给前辈，前辈说，当你想到这个题目时，你已经展开丰富的想象力了。

（本文发《短小说》2018年第6期）

◀ 阴阳同步

························

　　自从爸去世后，小琪每到半夜就睡不着。爸爸才刚五十岁啊，正是将要享受天伦之乐的年龄。

　　明天就是爸一个月的忌日了，小琪又在半夜里醒来，头痛欲裂。

　　自从爸爸去世后，妈妈懒于活动，体质越来越差。

　　她打开手机，呆呆望着那个熟悉的头像，眼泪止不住流下来。听着隔壁妈妈翻来覆去睡不着的声音，小琪心里更是难受。

　　爸爸自从得了脑出血后，小琪就拉着爸爸经常锻炼，爸爸每走出一步路，小琪都觉得整个世界里阳光灿烂。

　　但小琪还得工作，她没时间每天陪着爸爸锻炼。为了鼓励他锻炼，小琪给他和妈妈开通了微信运动，让妈妈监督。以后的每一个夜晚，小琪躺在床上的第一件事就是看爸爸走了多少步路。她经常看到一个有趣的现象，爸爸走了多少步，妈妈就走了多少步。

爸爸去世后，小琪让妈妈把爸爸的微信号删除吧，妈妈总是不肯，有时候望着爸爸微信里的头像，一看就是一整天。

第二天，小琪和一家人去给爸爸上忌日坟，妈妈悲伤地对老伴儿叨咕，想想以前和你一起散步的日子多好啊，在生活中互相照顾，在微信运动里同步，那时候真幸福啊，我一直以为咱们一直能同步到老的，可是现在只剩下我一个人了，活着还有什么意思啊？

看到妈妈一蹶不振的样子，小琪很心疼很心疼，要怎样才能让妈妈尽快走出阴影呢？小琪望着墓碑，深思。

一大早，妈妈在闷闷不乐做饭。小琪说，妈，我看看你的微信运动，你每天都走多少步？

自从你爸死后，没有人陪我走路了，我把它删除了。你看这个干啥？

我想再给您下载一个，生命在于运动嘛！

随你吧。自从你爸去世后，我也懒得出去了。

半夜，响起妈妈急促的敲门声，小琪，小琪，出了鬼啦！可吓死妈妈啦！

小琪开灯打开门，妈，咋啦？

你快看看，你爸的步数竟然和我一样！两千步！

啊？不会吧？我爸的手机不是给他陪葬了吗？

是呀，是呀，吓死人了！

妈，快把我爸的微信号拉黑吧，估计手机被盗了。

还是算啦，明天咱们去墓地看看。

妈，我记得你这几天每天才走几百步，今天您去哪里了，走这么多步？

今天被你张姨拉着去广场上转了一圈。

第二天一大早，小琪就和妈妈去了墓地，看到墓地好好的，没有被盗掘过的痕迹。

妈妈哭了，老头子呀，你在那边干嘛呀？你这是在逼着我和你一起锻炼吗？

妈，为了以防万一，你还是拉黑爸爸的微信号吧。

算啦，有个人陪着散步也挺好的。

晚上睡觉时，妈妈听见女儿房里有动静，她趴在墙上细听，好像是跑步的声音。她拿起手机盯着丈夫的步数，脸色凄然。

每到夜深睡不着时，小琪就拿出手机看微信运动，看到妈妈一天天多起来的步伐，小琪总会会心一笑。

小琪小琪！一大早妈妈又在喊，你说也真奇怪了，他有病的日子里，非要和我同步他才休息，现在他在那边了，我每天走几步，他就走几步，你说你爸这是在干啥？是在叫我去他那边吗？

妈，我爸都去世三个月了，也许别人用了爸爸的手机号，又注册了微信，咱们还是把他删除了吧。您看您即使没有爸陪着，张姨也在陪着您跳舞、散步，您走的步数越来越多了。

不能删除，我要和他一直同步。

小琪苦笑了笑，现在妈妈的步数已经达到一万多步了，她咕哝一声，这是要累死宝宝的节奏吗？

小琪你说啥？

没，我是说上班累。

你每天坐在办公室里，还累?

累!

望着女儿远去的背影，结实健美。妈妈摇摇头，打开手机，张姐，咱们今天排练什么舞蹈?

晚上，妈妈看着自己的步数，在默数一、二、三……她三还没数完，就听到隔壁女儿的跑步声。不一会儿，她就看到老伴儿的步数又和她同步了，妈妈含着眼泪笑了。

（本文发《荷风》2018 年冬季刊）

◀ 异形人

　　晓易刚出生时，和正常婴儿没什么区别。随着岁月流逝，晓易从一个只会看动画片的懵懂儿童变成一个会玩手游的少年。

　　晓易的父亲是坚决反对孩子只玩游戏不学习的，可看到一则新闻里有个父亲因为从十楼上扔下儿子的手机，儿子就直接从十楼跳下去的新闻后，晓易父亲就想，只要孩子成绩能过得去，想玩就玩吧。

　　晓易的学习成绩在中游，勉强能考上高中，只要上了高中，除了本科，还有很多专科收学生，倒是不愁没有大学上。

　　晓易专科毕业后，应聘到一家 IT 公司上班，每天从早到晚坐在电脑前工作，累得腰酸背痛。

　　晓易觉得，这和农村的父亲差不多，为了填饱肚子，一个在地里刨食，一个在电脑里赚钱。

　　日用品、外卖、出行，只要有手机有钱，没有你买不到，只有你想不到。除了公司和租住的屋子，晓易哪里也不想去。用他的话说，累。

有个星期天，晓易忽然想出去走走了，他决定步行下楼。刚走了几级台阶，就觉得双腿发软，大概是缺乏锻炼吧。不得已，只好乘电梯下去。

晓易走到大街上，看到风风火火的过往车辆除了快递还是快递。他刚走上人行道就被什么绊了一跤，低头一看，是一个人的双脚。他吓了一大跳，这个人把自己的双脚都忘记了，可怎么走路啊？但细一想，有车的人就差上厕所也开着车了，他们不要双脚也理所当然吧。

晓易又走几步，看到一对耳朵掉在路上，耳朵眼里还塞着耳机，耳机里传来声嘶力竭的声音，像得了便秘。

有了刚刚一惊，晓易也就释然了，这双耳朵一定是年轻人的，耳垂上打着耳洞还戴着钻石耳钉，由于耳朵经常受到噪音干扰，耳朵偷偷溜掉了也不足为奇。

走在大街上，店铺物品琳琅满目，购买者却寥寥。晓易又释然了，网上的东西又便宜又实用，想买东西在电脑或手机上买就好了。这样一想，晓易也不想再转了，就又回到了家里。

几年后，晓易发现自己的双腿不知什么时候也丢了，丢了就丢了吧，只要有双手打字，有脑袋思考，坐在家里也能赚钱。

又几年，晓易忽然想出去看看，大楼不知什么时候没有了阶梯，取而代之的是轮椅能自动行走的专道。甚或，在天上出现了私人飞机专道。

外面阳光这么美，晓易想在阳光下走两步。可自己的腿变成了轮椅，还怎么走路呢？路上零零星星有人掉的身体零部件，大概他们长期用不到，就选择了扔掉吧。

晓易就拾了一条腿安上，又往前走，又捡了一条腿安上，这样，他就又有了两条腿。可这两条腿不是一个人扔下的，晓易就一脚高一脚低地往前走。走着走着，他看见了一些奇怪的人，他们的两条胳膊不一样长，两条腿也不一样长。他们走路的姿势和他一样，一高一低，一高一低。

太滑稽了！晓易笑岔了气儿。想想多少日子没有这样开心了？一年了？两年了？他不知道。

又过了多少时日，晓易捡来的双腿也不知丢到哪里去了，他想再找到那天的快乐。

他坐着轮椅在大街上找双腿，可转遍大街小巷，看到的寥寥几个人都是坐着轮椅的。唯一一个长着两条飞毛腿擦身而过的人，是个瘦成了竹竿样的快递员！

晓易心想，既然大街上没有腿，我就上网上去买吧。可逛遍了所有的网站和网店，发现卖双腿的都关门了。晓易不气馁，继续寻找，终于有一个网店的客服和他聊天了：亲，您所需要的双腿本店刚刚售罄，我们现在也关门大吉啦！

于是，在未来的大街上，经常有少了身体零部件的异形人在闲逛，不知有没有你？

（本文发《荷风》2021年春夏秋冬卷）

◀ 下个世纪的诱惑

上班劳累了一天，今天正好是星期五，我带着老婆孩子驱车直奔乡下，我们将在那里度过美好的双休日。

乘着月色，以光能风能做动力的汽车无声地行驶在柏油马路上，妻子紧紧靠着我，温柔可人，后座上两个孩子被汽车晃悠着进入了梦乡。

我们有专人行车道，在这个世纪最大的变化就是，人人分得一片土地，凡是有车的人都有自己的专道，只要你在网上用鼠标轻轻一点，输入汽车将要行驶的路线，你的专用通道就出现了，你再把复制的硬盘链接到汽车驾驶程序上，由卫星定位的专属通道就等着规定的时间由你来驾驶了。其实也不用你双手把着方向盘，现在的汽车早已会自动驾驶了。

到达乡下的时候已是晚上十一点，我的另两个家庭成员甜心和壮壮在别墅外迎接。他们分别抱起我的儿子和女儿，把他们晃醒："宝贝儿，醒醒，咱们该吃夜宵了。"

甜心和壮壮是夫妻俩，他们大学毕业应聘为我庄园的管理师，他们自己的土地租给了别人。他们厌倦了城市生活，向往农村里的恬淡，可又怕种地填不饱肚子，所以他们应聘这个职业。

我们走进大厅，大厅里太阳能霓虹灯闪闪烁烁，变换出朦胧色彩。桌上的菜琳琅满目，甜心首先端上几杯牛奶，一股纯牛奶的香气顿时弥漫开来，俩小家伙也来了精神，他们争抢着桌子上的美味。

"报告高工，咱们的大奶牛这个星期特别能干，产的奶咱自己喝不了，还销售了一部分。蔬菜全部施了一遍有机肥，水稻长势良好。"口才特好的甜心调皮地汇报着。

"嗯，很好。"我边品尝着有机饭菜边说，"咱们先吃饭，吃完再聊。"

这个时代是没有尊卑的，打工的和你一样，他们只不过是分工不同而已。

甜心和壮壮和我共同拥有这座别墅，他们也是房屋的主人，只不过我们的工作性质不同而已。他们保证基本的供给，我和妻子在城里制作高科技的东西，我们共同拥有财产，我们虽然没有血缘关系，但我们是食物链里的一家人。

20 世纪，人们疯狂地信仰金钱，导致的直接后果就是，奶粉掺进了三聚氰胺，出现了大头婴儿，这直接影响了人口素质。所有的食品为了卖相好看，大量加入苏丹红，柠檬黄之类的颜料着色，导致人类肿瘤癌症发病率升高。

蔬菜药物残留过高……城里人恐慌了。

总之，成品食品不再是人们信任的食物，人们纷纷寻求解决的办法。最初城里人租种城市边缘的地，平时让地的主人管理，只有在星期天的时候去收获。到最后国家征求很多民间意见才作出决定，每人分得一块属于自己的土地，由自己自主经营。

　　乡下人可以去城市做工，城里人为什么不可以分得土地呢？

　　现在的乡下都变成了自给自足的场面，剩下的城里人也都是高科技人才，他们专门研究环保的机器和纯绿色的食品。

　　"我真看不懂上个世纪的人，他们为了金钱什么缺德事都能做出来，人呐，不就是吃饱喝足吗？要那么多欲望干嘛。"吃完饭，我听着甜心的絮叨陷入沉思，是啊，要那么多的欲望干啥呢？

　　"那你有什么理想？"我不好意思把"欲望"两个字说出口。

　　"我啊，打理完一切，坐在银杏树下，写一些风花雪月的诗。无关痛痒，无关民生。"

　　"我赞同！"久不说话的壮壮鼓掌。

　　"去！去！高工累了一星期了，让他们休息吧。"

　　第二天，我和妻子边饮着自己庄园里的茉莉花茶，边看着孩子们在花丛里嬉戏，太阳不知不觉就偏西了，一直沉到西山山坳里，黑沉沉的夜袭上来，裹卷了整个世界。

　　我陷入无边的黑暗里，雾霾的腥臭气息灌得我喘不开气，马路上的汽车不时出着车祸，火光冲天……

　　我在黑暗中醒来，只听耳边河东狮吼："你不好好睡觉，撒什么癔症？"

　　唉！这个世纪才刚刚开始，看来我是等不到下个世纪了。

◆ 剧本杀

她在他的剧本杀里凭空消失了！

一个星期，两个星期……

打电话不通，发微信不回，他掰着指头度日如年。

她失踪整整七七四十九天了，凭第六感她还活着。

他开始疯狂思念她，掏心噬肺，超过了热恋。

四十九天的煎熬里，他理解了独守空房，理解了每次家庭琐事都独自承担，更理解了她从前的好脾气变成现在坏脾气的根源。

他以前和狐朋狗友出去潇洒，回家后心是踏实的。如今看着空荡荡的房子，那个曾经热气腾腾的家已不在原地等他，他的心就没了底。

没有了她的束缚，他本该更疯狂地出去玩的，可是骤然没了心情。

这四十九天里，他找遍亲朋好友也没能找到她，她凭空在他的剧本杀里消失了。

打电话报警时，听他离奇的叙述，警察以为他精神错乱，问他的监管人是谁？

她是远嫁，临出嫁前父亲把一把车钥匙交到她手里，"孩子，想回家时，它就是你的腿！"

她失踪了，车子不在，银行卡没带，她应该是奔赴千里之外的娘家了吧？

其实他打过好几个电话给她的父亲，旁敲侧击地问。父亲语气平和，似乎并不知情女儿已经失踪好多天了。

他深吸一口气，压下怦怦跳的心，又拨通了她父亲的电话，"爸，她回家了吗？"

"没听说她要回来呀，你们闹别扭了吗？"父亲惊讶地问。

"她，她……走了四十九天了。"他期期艾艾。

"什么？你怎么现在才说！好好的她，为啥要离家出走，为什么？你说你对她到底做了什么？！"

隔着屏幕，他都能感受到一个父亲的盛怒。

他说结了婚在一起生活才知道，他们有多么不合适。他喜欢热闹而她喜欢清静。他喜欢热烈冲动，她却矜贵自持。

她消失前，说要陪他玩一次他喜欢的剧本杀，是他亲自执笔写的悬疑推理剧本《消失的她》。

这个剧本的大意是：在一片丛林的一幢废弃楼房里，女人们藏起来让男人们根据各种线索去推理，然后找到她们。

他们有好几对男女相约在一起玩这个剧本杀。谁承想，玩着玩着就发现她失踪了。废弃楼里没有，户外丛林里也没有！

确切地说，跟她一起失踪的还有她的车。

父亲听他说完，迅速挂了电话，不一会儿又打了过来，言语间夹杂着兴奋，"找到了！你看看她的朋友圈，她天天在晒打卡了哪座城市！"

她的朋友圈他天天上去看，神经质般盯着看，一看就是半天。自从她失踪后，她的朋友圈死水无澜，从没见她更新过。

父亲说："她天天更新的，不信你登我微信看看。"

他登上岳父微信，豁然看到她的朋友圈四十九天的行程，高德地图里点亮了大半个中国城市！

他清楚记得热恋时，他给她许下的豪言，要点亮世界上所有的城市。

她把他和他们的朋友都屏蔽了，只把安心留给了最亲近的人。

她在一条信息里说，离开鸡零狗碎的生活，来一场说走就走的旅行里，真的感觉自己又复活了。从今后不再过问谁的冷暖，不再是谁的妻，不再为谁而活，只为了打卡一座座城市。

她说出来的匆忙没带钱，多亏有老爸陪嫁的车，还有她无聊时申请的网约车行车资格证。一生有车有家人足矣！

看着心疼的文字，他能体会到她一路走一路载客赚钱的凄凉。曾经最亲密的爱人，居然把他排除在外。

消失四十九天的她，走遍大江南北。她曾到过洱海、元江、苗寨。也曾沿南方边境线行驶，到达红河、瑞丽、西双版纳。也曾独自驾车跑过青藏线、川藏线、318 国道。看的风景多了心里便有了想法，她的朋友圈也因此丰润起来。

他用岳父的微信和她终于取得了联系。在等待接通的那一刻，他激动莫名，好像失去的珍宝又要回来了。

他说你去哪儿了，为啥扔下我不管，我要去接你回家。

她在那边愣了一下，旋即响起她和乘客爽朗的笑声，她说等送客人到目的地再联系吧。

他问那是哪里？

希望之都。她答。

他等了三个小时，心急如焚。他又联系她，可是再也联系不上。所有能看到能发信息的端口都成了拉黑界面。

他忽然想起，他之前写过一个剧本杀就叫《希望之都》，能实现任何愿望的一个狗血剧情。近两个月的寻找让他失去任何写作的兴趣，他现在忽然又想写剧本杀了，想写个《归来的她》。希望写成的那天，猛一抬头，她便会撞进他的眼帘。

第二辑

今古传奇

◀ 白狐报恩

王来自小死了爹娘，跟着舅舅长大。舅舅心疼外甥，就把王来惯得好吃懒做不干正事。

眼看王来二十岁了，还没有上门提亲的，舅舅说，你老大不小了，回你老家成家立业去吧。

终于不用再听老舅唠叨了，王来打起背包回了老家。

可是好景不长，舅舅给的安家钱没几天就被他大吃大喝没了。没办法，就又去舅舅家求帮。舅舅说，你如果说成媳妇我就给你钱，没有媳妇，想都别想！

王来很气馁，走到扎彩店前，灵机一动，对扎彩店老板说，麻烦您给我扎个天底下最俊的媳妇。

老板说，可以的，但要先交钱。

您先扎着，我回家取去。

王来一溜烟不见了。扎彩店老板接到活儿，赶紧劈秫秸扎起来。扎完找七色纸糊成七彩霞衣，又用彩笔细细描了五官。

其实王来没走远，他等着扎彩店老板虚掩着门去吃饭的空儿，扛起扎彩媳妇就跑。跑远也没见老板追来，王来暗暗窃喜。

王来把扎彩媳妇放在里间床上就去找老舅了。

老舅看到外甥又来了，正想教训他，王来赶紧嬉皮笑脸凑上去，老舅，我上午来就是想让老舅去看我媳妇的，结果被您一吓忘记了。您现在跟我去看看吧。

老舅知道外甥鬼心眼儿多，指不定骗了哪家良家少女呢！他怕外甥犯法，忙不迭地揣了两吊钱跟着外甥直奔他家。

到王来家已是黄昏，草屋里有些黑。王来说，舅舅，您远远地看看就行，别吓着人家。

老舅老眼昏花地看不清，就凑上去细看。

忽然，扎彩媳妇从床上起来，深施一个万福，舅舅您来了？我去给您炒俩菜喝酒。当家的，还愣着干啥，快让舅舅上座。

舅舅顿时眉开眼笑，王来却吓得筛糠。

舅舅从怀里掏出两吊钱给外甥媳妇，这是见面礼儿，王来自小没爹娘疏于管教，这钱就由你来保管。快天黑了，你舅母还在家等我好消息呢！王来，你哪天领着媳妇去我家，让你舅母也高兴高兴。

舅舅拉着王来走到外边，脸色阴沉下来，快说！你在哪里拐的良家妇女？

王来抖抖索索地说，我也不知道啊！她自己跑来的。

胡说！你快去问问她是哪里人士，拐骗妇女可是犯王法的！

王来痞惯了，可也没做过犯法的事，他忙不迭地去屋里审问媳妇。

我家住在山西葫芦沟，因为天灾没吃的，才走到你家装成你媳妇。

我扎的那个媳妇呢？

被我扔外面河里了。

王来只好返回外面报告舅舅。

舅舅说，来路不明的媳妇咱不能要。明天咱套上牛车去山西看看，等她家人同意了再给你当媳妇。

王来也害怕这媳妇有什么来路，只好和舅舅套上牛车，拉着媳妇一路直奔山西地界而来。

这一日走到一个山套里黑了天，一家姓胡的热情招待了他们。这家没有男娃，只一个女儿待招赘。

小媳妇没和王来完婚，就被安排和胡小姐一起睡。睡到半夜，小媳妇喊口渴，胡小姐起来给她倒茶。小媳妇喝茶后又喊肚子疼，胡小姐赶紧喊王来。

王来扶着小媳妇急忙往外走，偏偏下起了大雨。小媳妇被雨一淋，顿时成了秫秸骨架。

小媳妇现原形前悄悄对王来说，你就讹这家闺女当媳妇！

王来看见，在秫秸骨架里窜出一只白色狐狸，瞬间消失在雨幕里。

耍无赖是王来强项。他抱着秫秸骨架就哭，哭声惊动了众人。胡员外问他为啥抱着秫秸骨架哭？王来说，我媳妇喝了你闺女倒的茶，就变成这样了！呜呜！你们赔我媳妇！你们不赔，咱就上县衙评理去！

胡员外顿时愣在当场。好好的一个媳妇就这么被大雨淋没了，舅舅也无所适从了。

王来嘴里一直吆呼让胡员外赔个媳妇，胡员外只好托词说，我只此一女，不能远嫁山东，除非你能招赘进我家。

舅舅一听，赶紧按住外甥磕头，这么好的人家上哪里找去，娘死舅大，我做主，外甥就招赘给你们家了。

胡员外以为王来不能答应，但舅舅这么一说，王来不顾地上雨水，趴倒就叫岳父。胡员外见木已成舟，只好让女儿和王来拜堂成亲。

结婚后，胡小姐开枝散叶，子女成群。王来又刁钻古怪，干什么都能成功，他们居然成了远近闻名的富户。只是他午夜梦回时常常想起那个秫秸媳妇，百思不得其解。

有一天，他去屋子西墙上拿装菜种子的葫芦，忽然想起一件事，小时候，西墙上也挂着一个葫芦。一天，舅舅拿下来打算装东西，葫芦里竟然露出一只白色小狐狸。舅舅想把它的皮剥下来制成毛领子。王来看着好玩儿，问舅舅要。舅舅拎上小狐狸的腿，递给王来。小狐狸被拎起来时，流出眼泪。王来可怜它，就把它放了。

山西葫芦沟，就是西山墙上的葫芦啊！王来自念，看来恶有恶报善有善报啊！

（本文发《荷风》2019 年第 4 期）

◀ 借铃铛

    这是一个离奇的故事，就算作为当事人的父亲，现在讲起来，也觉得不可置信。

    父亲不满一岁就会说话，长到三岁时，嘴特别巧。经常跟在他姑姑后面叫，姑姑，我们摸斑鸠炒炒吃。

    他的姑姑也就是我的姑奶奶，就会领着他去外面石榴林里去摸斑鸠雏儿。正值五月，石榴花开得如火如荼，很多小伙伴在林子里玩耍。父亲加入孩子们阵营，玩得不亦乐乎。

    忽然有孩子喊，不好了不好了，他摔倒了！正在仰脸朝天研究斑鸠巢的姑奶奶，来不及再研究，扑进人群去拉我父亲。父亲没有伤，姑奶奶问他啥，他除了摇头就是点头，就是再也不会说话。

    我爷爷急得不行，赶紧背着父亲赶往三里外的老药铺。药铺先生说，我父亲得了中风不语，需要喝汤药和针灸才能好。可怜我三岁的父亲，被先生连针灸半个月不见好转，每天清清眼泪掉，就是不出声。

爷爷就四处探访名医。听说七十里外的梁邱镇有个德国西医，救死扶伤无数，爷爷起一大早，带上干粮背起父亲赶往那里。

德国医生看了，头摇得像拨浪鼓，通过翻译给爷爷说，父亲恐怕要终生哑巴了。爷爷急了，询问哪里还有好大夫。有好心医生告诉他，要不你去费县城找美国医生给看看？

于是，爷爷又背着父亲赶往五十里外的县城。

美国医生看完父亲的病，摇头加上满嘴的 no。

爷爷不懂英文，但看到美国医生的表情就知道不好了，他抓着医生的袖子就要跪下。美国医生赶紧扶起爷爷，挥手示意爷爷别费心了，接受现实吧。

爷爷背起父亲，无精打采上了路。走到一个山口休息时，遇到一个老婆婆在拾柴火。

老婆婆问爷爷干什么去。爷爷就把经过说了。老婆婆说，这个病好治，需要七个马铃铛，七个号嘴子，七把锥子，七把剪子，七把刀，不要洗，直接放铜盆里熬水喝，药到病除。

七把锥子七把剪子七把刀好找，但七个马铃铛和七个号嘴子只有部队里才有。

爷爷知道前面不远处就有八路军和国军在驻扎。爷爷胆战心惊走过国军地界，大兵们横眉立目。

爷爷又走到八路军地界，有个兵迎上来问爷爷想干嘛？爷爷说想借号嘴子和马铃铛给儿子治病。

那个兵犹豫了一下说，要不你找我们部队的军医给看看吧？爷爷大喜，问军医在哪里。兵说离这里几十里。

爷爷担心军医也像那些医生一样看不透病，就哀求兵先给找号嘴子和马铃铛用用。兵说，号嘴子我们有，可以借给你，但明早起床还得吹起床号，你必须五点前给我们送来。

爷爷忙不迭答应。兵上号兵那里好一会儿才回来，他将用草纸包着的七个号嘴子交给了爷爷。兵说，我们是步兵，对面国军那里有骑兵，你可以问他们借马铃铛。爷爷又忙不迭地答应。

爷爷又战战兢兢走过国军驻地，有个刚从河里饮马回来的歪戴帽子的兵端着枪指着父亲，干什么的？

爷爷说想借七个马铃铛给儿子治病。

歪帽兵说，不借。

爷爷苦苦哀求，老总就借给我吧，我儿子这么小就得了不会说话的病，他这一辈子可怎么活啊？

爷爷扑通给歪帽兵跪下了。歪帽兵看看爷爷，又摸摸我父亲的头，哀叹一声，你们让我想起我爹和我儿子了，你起来吧，我就算被长官训，也要把马铃铛借给你。

爷爷双手接过七个马铃铛，一路飞奔赶往家里，到家时已是黑天。爷爷吩咐姑奶奶和我奶奶抓紧出去借剪子、锥子和刀。

所有东西借齐，放进铜盆里熬。

熬好后，给父亲喝了一碗水。不一会儿，他就拉着我姑奶奶的手喊，姑姑，姑姑。虽然声音很小，但姑奶奶听见了，她正为没看好侄子内疚自责呢，忽然听到小侄子会叫姑姑了，喜极而泣喊，嫂子！嫂子，哥、哥，你们听见了吗？侄子会说话了！

爷爷忙去逗弄我父亲，果然会叫爹娘了。爷爷搂着我父亲哭了。

为了守信，爷爷连夜把马铃铛和号嘴子送回部队，对八路军和国军千恩万谢。

父亲讲完了，我疑惑地问，难道这些东西真的能治病？

父亲说，那会儿国共正合作，全国一派和谐，歪帽兵去河里饮马，谁知道马铃铛里钻进去一条小血鳝，而血鳝正是治疗中风不愈的克星，第二天天亮再喝水时，我们在水盆里发现了它。

（本文发《荷风》2021年春夏秋冬卷）

第二辑　今古传奇

033

◀ 公冶常

公冶常居住在北蒙山下，以打猎为生。

鬼谷子居住在蒙山鬼谷洞里，他有通天彻地纵横捭阖的本事，以教化育人为生。

年三十这天，公冶常照常上北蒙山打柴打猎。走到鬼谷子洞前，遇到两条蛇冲他吐信子，意思是想吃了他，公冶常上去就是两斧子。

那两条蛇一个打滚儿，立时变成两位美女，美女生得柳眉含黛，唇红齿白，挤眉弄眼冲公冶常招手，公冶常看得呆了。

正在这时，鬼谷子开洞门出来，怒眼瞪俩蛇精。俩蛇精看迷惑不成公冶常了，就跑到鬼谷子跟前哭诉，说公冶常调戏她们二人，让鬼谷子给做主。

鬼谷子向来疾恶如仇，他在洞里早就算到这俩蛇精要害人，才出来搭救公冶常。

"你们还有五百年才能修成道业，没想到还没修成就出来害人，以后修成了那还了得！”鬼谷子大袖一挥，俩蛇精立马现出原形，再一挥，两颗蛇胆被剖出来。“公冶常，听闻你对娘很孝，这俩蛇胆抓紧吃了。以后你就能懂鸟语了，再打猎时，就不用费那么大的劲了。”

公冶常知道鬼谷子在怜悯他，就吃了蛇胆。果然，他听到头顶上有只老鹰飞过，边飞边唱歌："公冶常，公冶常，南山死了一只野山羊，你吃肉来我吃肠。"

公冶常辞别鬼谷子，赶到南山一看，果然看到一只肥胖的野山羊死在那里。他把羊背回家里，开肠破肚，肠子瓢子都清洗干净和着羊肉一起煮了，过了个肥年。

老鹰在公冶常大门外蹲守一整夜，也没见公冶常出来送羊肠子给它吃，老鹰非常生气，决心要报复他。

有一天，公冶常正在山上打猎，又听到有鸟儿在唱歌："公冶常，公冶常，北山死了一只野山羊，你吃肉来我喝汤。"公冶常来不及细想，直奔北山。

老远看到一群人围着在叫嚷，公冶常生怕野山羊被别人抢了去，就大喊："是我杀的，是我杀的！"

那群人听到喊声，纷纷回头，见有人来主动认领，都呼啦一声让出一条道来。

公冶常上前一看，前面哪里有什么野山羊，分明是一个人血头血脸地躺在那里死了。

有几个公差走来，拿铁链子把公冶常锁了，不问三四，拖着他直奔县衙而去。公冶常大喊冤枉。县官问他为啥喊冤枉，他说是一只鸟儿怂恿他去的。

县官听完公冶常的表述，觉得事有蹊跷，县官很久不能定夺，只好报给知州审理。

知州问："你既然承认是你杀的了，你还有啥可冤枉的？"

"知州大老爷呀，我懂鸟语，有只老鹰告诉我北山死的是野山羊，结果死的是人，我是被老鹰给骗了呀！"

"世上还真有懂鸟语的？可能吗？"

"大老爷不妨找只鸟儿让我试试。"

初春的天气暖洋洋的，衙门廊檐下抱了一窝小燕子，知州就把小燕子捧进后院藏起来，让公冶常听听老燕子在说啥。

老燕子打食回来后不见了小燕子，就围着厅堂乱飞乱叫，知州问公冶常老燕子说的啥。

"知州，知州，我与你无冤无仇，你不该把我孩子锁在抽屉里头。"公冶常把老燕子的话说了，知州大惊，他果真把小燕子锁在后院书房的书桌抽屉里了。

知州忙去后院把小燕子捧出来放进燕窝里。他又吩咐手下特制了两碗小米分别放在东、西墙上，专等燕雀来吃。

燕雀们吃了后，叽叽喳喳乱叫，知州又问公冶常鸟儿们说的啥。

公冶常道："鸟儿们说，东墙上的小米齁咸，西墙上的小米稀甜。"

知州更加稀奇了，他是让人把小米一碗拌了盐巴，一碗拌了白砂糖。此案证据不足，知州只好把公冶常给放了。

公冶常经历过这件事后，自知自己修为不够，遂拜在鬼谷子门下，一生治学，教化育人，不仕官禄。

（本文发 2021 年《双月湖》第 1 期）

◀ 傻子卖牛

韩秀才家境殷实，田产很多。又到耕地季节，父亲派长工去买牛。韩秀才说："我去买，也顺便历练一下。"

父亲知道儿子顽皮，就嘱咐他一定要善待邻里，不可欺诈诳语。韩秀才连连称是，遂打马直奔集市而去。

到了集市，韩秀才找一棵柳树拴上马，踱着四方步走向不远处的骡马市。远远的，一头黑牛吸引住他的目光。这头牛浑身漆黑如墨染，两只弯角如对月，弓肩塌背，打一声响鼻，浑身腱子肉乱颤。

"好牛！"韩秀才不禁赞道。

卖牛男人叫傻柱，听人夸牛，回过身来。天气不冷，他的双手却袖在袖里，和牛一样也弓肩塌背。

"您想买牛？"

看这人目光呆滞，韩秀才的顽皮劲儿上来了，就想戏弄一番。讲好价钱，韩秀才说忘记带钱了，让傻柱去他家拿钱。傻柱再傻也不能让他走，拦住马头忙问他家在哪里。

"家住半悬空，月亮落村中，姓是西北风，左白虎，右青龙，门前有个无底坑，要问我是哪一个，一条大路通北京。记住了吗？"

傻柱连念好几遍才记住。待抬头看时，韩秀才已经骑着马牵着牛走得不见了人影儿。

傻柱想追，无奈双脚追不过四蹄。他想破脑袋也想不出买牛人姓啥叫啥家住哪村了，只好松松垮垮地回了家。

傻柱媳妇叫巧姐，聪明伶俐又貌美如花。听完丈夫卖牛经过，哈哈笑了："这还不好猜么？家住半悬空就是说住的楼嘛！月亮落村中，就是西山村呀！西北风冷，这人不是姓冷就是姓韩。青龙白虎更好猜了，咱们农村给石碾叫青龙，给石磨叫白虎。一条大路通北京更好猜了，说明他身有功名，是要赶考的人。你去西山村找他去吧。"

傻柱愣神，不明白媳妇说的是啥。巧姐哀叹一声："我的傻夫君哎，这人住在西山村的一座楼上，他家门前左边是石磨右边是石碾，门前还有一个大坑。你到那里只管打听是姓冷的秀才还是姓韩的秀才就可。"

傻柱知道西山村，顾不得吃午饭，奔波二十里地赶到西山村，老远看见有座三层小楼鹤立于众草房中。到门前一看，果然有个大水坑深不见底。门左有一盘石磨正忙着磨面，门右有盘石碾正在碾米。他隐约记得此村有个财主姓韩，于是就拍门喊："韩秀才，我来要牛钱了！"

韩秀才开门，很是惊讶，就问他是怎么猜到是他家的？傻柱说是自己媳妇猜的。

韩秀才给了他牛钱，又想着戏弄他一番。就伸手从院墙墙头上摘下一个大南瓜，把院子里开得正盛的大红绒花摘下一朵插在南瓜上，并嘱咐傻柱一定要把南瓜和绒花交给媳妇。

傻柱回到家已经天黑，喜滋滋把钱和大南瓜一并交给媳妇："喏！韩秀才赏的，够咱吃好几顿了。"

吃完饭，奔波一天的男人累得跟死猪似的睡着了。女人却睡不着，看着大南瓜和红绒花哭了一整夜。

南瓜好养活，在什么地方都开花结果，被村里人称为傻瓜。韩秀才这是在笑话她一朵鲜花配了个大傻瓜啊！

巧姐越想越委屈，越想越不想活了，在天快明时竟然悬梁自尽了！

亏得傻柱睡得早醒得早，听到板凳歪倒声立时起来，才救了巧姐一命。可是巧姐从此后不吃不喝，形销骨立，眼看就要饿死在榻上。

话说韩秀才，戏弄完傻柱后，就去南楼攻读诗书去了。忽然有一天听长工说，他们村有个媳妇叫巧姐，接到少爷给的南瓜和绒花，现在不吃不喝的只想寻死，亏得傻子丈夫有心，每天陪着她才没有死成。

韩秀才这才知道事情作大了，赶紧抱着一副马鞍，骑上马直奔傻柱村子而去。打听到傻柱的家，把马拴在门前的老槐树上，把怀里的马鞍放在马后背上，使劲抽打。

韩秀才只抽得大马咴咴乱叫，惊扰了躺在屋里的巧姐。

巧姐挣扎着让傻柱扶她出来，问韩秀才为啥打马。韩秀才说："我让它背俩马鞍，它不干。"

"好马不配双鞍，好女不嫁……"巧姐惊异地看着韩秀才，"您是韩秀才？"

韩秀才一改往日顽劣，抱拳深施一礼："正是在下。在下向您赔罪了！聪明如您，怎么还干傻事呢？"

从此后，巧姐没有再寻死，安安稳稳过起了小日子，相夫教子，日子过得倒也快乐。

韩秀才经过这次事件，谨言慎行，考取功名后，断过无数冤假错案。后来，巧姐的儿子拜在韩秀才门下，成为国家栋梁。

（本文发 2021 年《双月湖》第 1 期）

孔夫子和张天师传奇

传说，孔子和张天师是好朋友。两个人经常结伴去周游列国，有一日来到临沂地界。

他们走到一个村庄，没找到打尖的店铺，遇到一位老太太。

张天师说："我们饿了，老人家有什么可吃的东西？我买一点。"

老太太惭愧地说："我孤家寡人一个，只有两碗糊涂了。"

孔子和张天师喝完糊涂想给钱，老太太高低不收，他们连连道谢。

又走半天，他们又饿了，遇到一个后生正在出猪栏粪。张天师说："小哥，我们想要点吃的，花钱买也行啊。"

后生正不想干活呢，被俩人一问，气不打一处来："你们吃猪栏粪吗？想吃多少都行。"

孔子本来想教育一下后生仁义礼智信的，但张天师拉着孔子就走。走到不远处，张天师说："让那个老太太猝死猝灭，让那个后生万年不死。"此话恰被后生听到了，高兴得直蹦高。

孔子忙一拉张天师："那位老人家那么善良，你咋那么诅咒她呢？"

张天师说："等十八年后你再来时就知道啦！"

这一日他们来到山东临沂南边的郯城地界，有个老人盖了两间草房正在上梁，却找不到写上梁帖子的人。张天师说："我来写！"

孔子忙掏出随身携带的笔墨，研好墨。老人拿来一张红纸，张天师挥毫写下：富贵荣华万万年。

孔子知道张天师是金口玉言，就把他拉到一边悄悄说："你这样许愿，他这家人还能有个穷吗？"

张天师哈哈大笑："但凡人有了钱就想着重新盖房子，一重新盖房子，这个帖子不就没用了吗？再说了，房子哪有撑过百年的，百年后梁椽不坏，那张纸也会坏了的。"

他们两个嘀咕，正好被老人听到，他吩咐儿子，等以后发财了，再在两间屋外重新盖屋，屋里装屋，这样的话，屋内的小屋永远不会坏的。后来，老人的儿子果然发财了，就在老屋外面用好砖又盖了大屋。后来，这个地方就叫成装屋的谐音庄坞了。

张天师和孔子继续往南游历。走到山东、江苏两省三不管的地儿，这个地方南北、东西大路通透，路边有棵大槐树华荫如盖，张天师和孔子走得累了，就在树下休息一会儿。

忽然，从树上流下一股水来正冲到张天师的头上，张天师一摸一闻，尿骚无比。往树上一看，发现一个半大孩子正在树上撒尿。

张天师睁开法眼一看，知道他是本地一个财主之子，惯得没了沿儿。半大孩子去人家磨眼里拉屎，半夜去敲寡妇门，什么坏事都做尽了，用现在的话说，就是典型的不良少年。

张天师看看那孩子，不怒反笑："很好的童子尿！祛病延寿。孩子你下来。"

那熊孩子说："我才不傻呢！我不下去，下去了你会揍我的。"

张天师说："我不但不打你，还给你钱呢！"张天师说着，从袖口里掏出一串钱晃。

那熊孩子自小没有怕的，就滑下树来笑嘻嘻说："真给我钱？"

"真给。"张天师把那串钱递给了他。

孔子说："玉不琢不成器，孺子都是教出来的，张天师，您这样不是宠坏孩子了吗？"

"不用管，咱不杀儿，自有杀儿的。"张天师说："这些天承蒙老夫子照顾，我道观还有事要回去处理，就此别过。"

两人依依不舍，飘然分离。

孔夫子和张天师再相约周游时，已经是十八年以后。

当他们走到大槐树下时，说起那个熊孩子，有本地人说，那个孩子后来还在树上撒尿，撒完尿还问别人要钱，村里人敢怒不敢言。后来有个将军走到这里，他撒尿后问将军要钱，将军一箭将那个孩子射死了。

"他罪不致死，天师，都是你当初惯得！"孔子悲悯地说。

"养不教父之过，这可是夫子您说的，哪里怨得了我？"张天师哈哈大笑。

当他们走到山东地界时，看到一个汉子满身流脓，披头散发，跪在地上嚎叫："爷爷奶奶叔叔大伯行行好，给我这个废人一口吃的吧！"

孔子疑惑："这就是那个当年让咱们吃猪粪，你又让他活万年的人？"

张天师呵呵冷笑："这样的万年不死身，好玩吗？"

孔子吓得直打冷战。

走到当年老太太给糊涂喝的地方时，看到一幢楼宇拔地而起，里面坐着一位小姐，旁边有两位侍女在伺候着。

"这难道就是当年你让他猝死后托生的那个老太太？"

"然也！"张天师手捻长须大笑："所谓善恶终有报，不是不报，时候未到。孔夫子，你经过这次历练后，一定会成为众生敬仰的圣人的，好自为之吧！"张天师说罢，飞升而去。

孔子潜下心来，杏坛设课，并将世间善恶写成一本《论语》来治天下，至今在为人类造福。

◀ 阿黄传奇

那年，堂叔去他二姐家帮忙收花生，他抬脚一走就被我家的阿黄发现了。阿黄最爱跟脚了，我们那儿的邻居，无论谁出门被它发现了，它都会屁颠屁颠地跟去。

堂叔给他姐家干了一上午的活，阿黄也在地里待了半晌。吃完午饭，堂叔喂了狗，又去地里忙着收花生了。傍黑天，堂叔该回家了，猛然想起了阿黄，遍寻不见，寻思，狗记千，猫记万，就这三四十里路，也许它嫌待在这里急躁，先回去了吧？

我们村离堂姑村有四十里地，堂叔仗着年轻，骑着破自行车，就着朦胧的月色上路了。他一气骑上了山顶，忽然，朦胧的月光下，山顶的路中央蹲着一个东西，眼睛发着绿莹莹的光！

堂叔骑车热得一身白毛子汗顿时化成了冷水，冷得他直打寒战，头上的头发也竖起来。坏了，不会是遇到狼了吧？听人说过，遇到狼头皮就会发炸，头发就会竖起来。

大山深处是真有狼的，狼专门袭击单行的人。

堂叔想骑着自行车一下冲过去，可腿肚子抽筋了，只好硬着头皮下车推着走。

就在这时，汪汪两声狗叫传来，堂叔一听，是阿黄的声音啊！他肚子里的一块石头这才落地。

阿黄对着不远处的一片松树林嚎叫了几声，两只绿莹莹的眼睛消失了，阿黄这才随着堂叔走下山去。

堂叔回来说，"那两只绿眼睛肯定是狼，瞅着瘆得慌，原来阿黄等在山口，是在保护我啊！"

我们家阿黄长得很威风，体型比一般的家狗都大，这源于它刚来我们家的时候，我们的宠爱。我们吃什么它就吃什么，就连我们平时舍不得吃的花生米都喂给它。

我们捻一颗花生米，扔向高空，它眼瞅着花生落下的方向，一个狗扑一仰脖，就把花生米含到了嘴里，嘎嘣嘎嘣地咀嚼起来，看着它享受的样子，我们都笑了。

爷爷爱赶集，阿黄就经常跟去，爷爷和相熟的肉摊要几根骨头棒子，算是对阿黄的犒劳。因此，阿黄更愿意跟爷爷跋涉十几里山路赶集了。

有一次，爷爷在集上听完戏，又喝了点小酒，买了点儿点心和日用品，看看日头快挨山了，才挎着竹篮，晃晃悠悠往家赶。

那时候的路大多是羊肠小路，阿黄一会儿钻进草丛里，把草黄色的被毛露出草面，在草棵里爬行，一会儿又窜到河岸边顾影自怜。爷爷大概喝高了，躺在水边的草丛里睡着了。

天渐渐黑下来，夜凉如水，爷爷打个激灵醒了。看看阿黄不在，唤了几声没见它回来，爷爷就独自一人上路了。前面不远就是一座几块青石板搭建的水漫桥，爷爷借着朦胧的月光上了桥。忽然，阿黄汪汪叫着冲过来，咬住爷爷的裤腿使劲向后拽，爷爷生气了："阿黄别闹，回家晚，奶奶该生气了！"可阿黄就是不松口。

爷爷拿下绕在脖子上的旱烟袋，摁了一锅烟，打着火机点燃，就在点烟的一刹那，爷爷发现，他脚前面的石板不见了，下面是滚滚河流！爷爷吓出一身冷汗，虽然河水不深，但在这深秋的夜晚，一个老人掉下去，也会没命的。

爷爷退回南岸，摸摸阿黄的头，"走，咱们绕河走吧，上游还有一座桥。"

我家阿黄长得帅，追它的母狗很多，它看中了邻村的一条斑点狗，便去幽会。它温柔地绕着斑点狗转了一圈又一圈，直转得斑点狗性起，摇着尾巴投怀送抱。

正当它们在野外欢愉交姌时，邻村阿三看见了，这么大的两条狗，毛色上乘，狗肉也一定很香。他偷偷拿来猎枪，一扣扳机，铁砂子呼啸而来。阿黄惊恐地睁大了眼睛，使劲一转身护住了斑点狗，铁砂子全灌进了阿黄的身体！阿黄死了，那条斑点狗不吃不喝，不久也死了。

父亲气势汹汹找阿三理论。阿三说："大哥，你家阿黄偷吃我家猪食，我才打死它的。"

"你胡扯！我家阿黄从来不吃猪食，它只吃剩饭和野兔！"父亲气愤地说。

"阿黄既然死了，肉我们也吃了，你把狗皮拿回去，还能卖五块钱。"

在那个年代，五块钱是男人们两天的工钱。父亲泪花闪闪地摸摸阿黄的皮："不要了，你留着吧！小心别遭了报应！"

阿三把阿黄的整张皮熟了，做了皮褥子。阿黄厚厚的没有杂色的黄毛，做成的皮褥子很漂亮，很暖和，它的眼睛部位正好压在枕头下。那年，阿三结婚了，婚床上铺的就是皮褥子。

洞房里，阿三猴急猴急地爬上新媳妇的肚皮。新媳妇哎哟一声："你弄疼我了！"随手拉开了电灯。

昏黄的灯光下，正在兴头上的阿三一看，新媳妇的枕头经过这一折腾，掉到了床下，露出皮褥子上阿黄那双空旷的眼睛！

阿黄的眼睛里，闪烁着凛凛光点，绿幽幽地正逼视着他！让他顿时汗毛倒立，脸色蜡黄，语无伦次地嚷道："不要咬我！不要咬我！"阿三大叫一声，从新媳妇身上滚落下来！

阿三得了一场大病，差点要了他的狗命！

古风雅韵

◀ 厨 娘
....

杨岳抖动长剑，时而舞出剑花密不透风，时而捋剑穗来个白鹤亮翅，静如处子，动如脱兔。

"好！"

一听那豪爽的语音，杨岳就知道是叶娘买菜回来了。杨岳收住身形回身，"叶娘早！"

叶娘高挽发髻，半老，风韵却极佳。"杨将军早！"

"叶娘，今早吃什么饭啊？"

"刀削面，油辣汤！"

叶娘刚来几天，做的刀削面薄如柳叶，好吃筋道，再佐以油辣汤，香辣开胃。

杨岳曾是镇边大将军，驻守过龙虎关，后被奸人进谗言，革职还乡。在边关时，杨岳经常吃刀削面，便爱上了这一口。

杨岳踱到厨房看厨娘做饭。叶娘正烧开一锅水，左手执一面团，右手拿一菜刀，刀起处，柳叶翻飞。

叶娘莲步款款，忽而起伏忽而狂舞，一片片厚薄均匀的柳叶面就飞到锅里，打个旋儿，轻盈如海燕戏浪。

没有十年八年的功夫是练不到这么娴熟的。"好！"

叶娘回眸一笑："让将军见笑了。"

"这几天能有口福吃到柳叶媚……的刀削面，死而无憾了。"

叶娘怔一下，"是呀，刀削面在锅里翻滚是像柳叶眉。"

"柳叶媚娘，是龙虎山上的匪首，善做刀削面。她的儿子曾在我军中卧底，被发现后押解至我帐下。我惜媚娘虽是草莽，却抗辽有功，就打了四十军棍驱逐出去了。没想到媚娘记仇，三天两头去我驻地偷袭，她虽戴着面纱，但那眼睛，那刀法……"

叶娘大笑："如果我是那个让大辽痛恨又让边关百姓爱戴的媚娘，该是多么光荣的事啊！"

杨岳慢慢退出厨房自语："叶娘还真和那个媚娘有些相像呢！"

杨岳之所以对龙虎山那个媚娘网开一面没有去剿匪，就是敬重她对边关百姓的保护，所以才放了她的儿子。她儿子都放回去了，她来这里干啥呢？他决定，等吃完这顿早餐，就让叶娘离开杨府，凭他多年的征战经验，他嗅到了危险气息。

就在杨岳转身那刻，墙头上密密麻麻出现一排蒙面人。杨岳倒抽一口冷气，该来的还是来了。

墙头上为首女人道："杨将军，别来无恙！"

一看那眼睛，就是经常冲入阵营骚扰他们部队的那个媚娘！和厨房里那个叶娘的眼睛一模一样！

厨房里的那个叶娘又是谁呢？容不得杨岳多想，墙头上起一声呼哨，一群蒙面人齐刷刷进入院子，杨家家丁也紧急聚到院子里，和蒙面人打斗起来。一时间，金戈撞击，哀号遍地。

蒙面人个个武功高强，家丁们很快哀号着没了声息。蒙面人呼啦啦将杨岳包围住，杨岳的汗一下子上来了。

媚娘一个甩手，一枚柳叶飞镖打来，而另两个蒙面人的刀剑也即将落下！杨岳暗叫一声："我命休矣！"

忽然，一个白亮亮的柳叶飞来，和媚娘的柳叶飞镖相撞，"叮"的一声落地。与此同时，另两枚白色柳叶飞来，正中那俩蒙面人的手腕，蒙面人"啊呀"一声，刀剑脱手，捂住手腕哇哇怪叫。

趁着媚娘四下打量暗器来源之际，杨岳赶紧跃出包围圈。他也在搜寻白色柳叶的来源。

忽然，厨房门里飞出无数片白色柳叶，铺天盖地如飞燕子般射向蒙面人。媚娘大叫一声："不好！扯呼！"登时跃上墙头不见了。

杨岳没有去追赶媚娘，他奔向厨房。叶娘好像什么事也没发生过一样，兀自削着面，嘴里还哼起了小曲儿。曲子是杨岳熟悉的边疆出塞曲，词却被媚娘改了：

"杨将军呐听我言，

大辽正在犯边关。

朝廷想启用你哟，奸佞却进谗言。

却不知，奸佞早有反叛心，勾结辽贼把我媚娘扮呐。

截了奸佞密信才知道，大辽高手过了边关，

他们奔着将军来，我媚娘岂能袖手观？

媚娘如有反叛心，哪让我那儿郎效军中？

媚娘如有卖国意，哪能窝在这边关山中数十年？"

杨岳静静听，厨娘高亢唱。唱完，刀削面做完，捞一碗放上佐料，泼上辣子，满屋生香。恭敬端到杨岳跟前，垂下眼眸："杨将军，请用餐。"

杨岳接过。院门外有人擂门："杨将军快快出来接旨！"

皇上让他诏安媚娘一起抗敌。送走宣旨官，杨岳急急奔向厨房，空中却传来媚娘朗朗笑声："恭喜杨将军官复原职，媚娘草莽之人自由惯了，先走一步，龙虎关见！"

（本文首发《荷风》2019 年夏季卷，后被《小小说月刊》2019 年第 11 期转载）

◀ 唯愿君心似我心

大唐初定，有高丽国流寇进犯东境。高祖李渊命秦王李世民带兵出征。

太子李建成见父皇又让弟弟去建功立业，很是不满。他向父皇推荐王珪任参军。王珪是李建成的心腹幕僚，有他跟着李世民出征，谅他翻不出大浪来。

李世民带着数万大军走到平州卢龙地界时，已是人困马乏。李世民让大军分散驻扎休整，他则带着一队轻骑扮成盐商打探消息。

王珪只想抓住李世民的错处好参他一本，无奈李世民洁身自好，所到之处秋毫无犯。

李世民登上渤海边的珍珠岛打探军情，一渔家后生正在船上打渔。李世民迎上前去，后生忽然抽出渔网撒向李世民，瞬间把他罩住。后生使劲扯渔网，企图把李世民拖进水里淹死。王珪等人见状，砍渔网的砍渔网，使劲拽的使劲拽。后生忙弃了渔网，划船驶入芦苇荡。

"高丽寇！快放箭！"王珪颤声道。

"一贼人何足挂齿。命令部队沿渤海驻扎，看他能在海里待多久！"李世民下令，五步一岗十步一哨，但凡有从海上过来的人，不分男女老少，一律严加盘查。

三天后，一白衣女子驾驶一叶扁舟如仙子下凡般飘摇而来。

李世民常年征战，看到的女人不是灰头土面就是脂粉敷面，这么清丽的女子还是头一次见。

他问她叫什么名字，从何而来？白衣女子翩翩万福，神色凄然："我乃当地曹员外之女曹娴儿，家乡屡遭寇乱，和父亲一起避祸山东姑母家，谁知父亲病逝，特送父亲灵柩回家安葬。"果然，在小小扁舟上，一具黑漆棺材很是扎眼。

曹娴儿梨花带雨地说着，李世民的心柔软成一片。"姑娘节哀。姑娘如今可有去处？"

曹娴儿擦一下眼泪哀叹："唉！天下之大，竟没我容身之地！"

"如果姑娘信得过我李世民，可以带你去长安尽享荣华富贵。"

曹娴儿打量李世民，俊眉朗目。曹娴儿掩了脸面："奴家还得细细考虑再回答您。"

李世民将曹娴儿带入军营，当夜大摆宴席。曹娴儿跳舞助兴。舞着舞着，一柄利剑从曹娴儿宽袖中弹出，直奔李世民面门刺来。

李世民看曹娴儿眼神突变，暗道："不好！"一个鹞子翻身躲过剑锋，双手直接掐住曹娴儿咽喉："说！谁派你来的？看眼神、身手，那天女扮男装的渔家小子也是你吧？"

"倭寇！高丽寇！你们杀我全家，你们不得好死！"

"我是秦王李世民，不是贼寇。"

"哼！你们害我全家，还假扮平州郡守乱杀无辜！我们现在人人皆兵，你就等着去死吧！"

李世民拿出帅印、秦王印做证，无奈曹娴儿只说是假。

李世民只好每天带着她，看他怎么处理军务，怎么保护盐商客船，怎么剿匪，怎么和农人官吏打交道。曹娴儿看着勤政爱民的李世民，暗生情愫。

王珪密送一份奏折，说秦王不去剿匪，却在驻地寻花问柳。奏折里还有一幅曹娴儿的画像。

李建成很快快马回复王珪，抓紧联系高丽匪首朴胜男，把李世民拖死在渤海边。

李建成把王珪的奏折呈上去，里面滑出曹娴儿的画像。李渊的眼立马直了，这么美丽的美人儿，应该伺候寡人才是啊。

李世民和曹娴儿漫步珍珠岛，李世民说等回长安后一定下一份大大的聘礼来迎娶曹娴儿。

曹娴儿道："李郎若是真心爱我，我不在乎彩礼多少。"

"当真？"

"当真！"

李世民左看右看，水草里一只只小虾在游动，就捉了两只给曹娴儿："这就是我给你的聘礼。以后所有江河湖海出产的虾米都是你的脂粉钱。"

曹娴儿以为李世民在开玩笑，就把两只小虾摆在一处，慨叹："唯愿君心似我心，双双对对不分离。"

王珪接到李建成密信，在海边放一响箭，高丽寇趁着夜色偷袭上岸。

忽听高丽寇来袭，李世民果断下令："左右埋伏的弓箭手立即夹击匪寇！中队随我从正面迎击！"

李世民常年在军中，异常敏感，王珪那点小动作岂能瞒得过他？他早就暗地布防，只待请君入瓮。

一场血战，朴胜男被乱箭射死。群贼亦被斩杀殆尽。卢龙地界河清海晏。

长安来旨，李渊埋怨李世民贪恋美色，为了能让他安心打仗，暂把曹娴儿送进宫里由他看管。

李世民知父皇花心，但不敢违抗圣旨，只好接旨。

普天之下莫非王土。曹娴儿整日以泪洗面。李世民附在曹娴儿耳边嘀咕几句，曹娴儿遂转忧为喜。

曹娴儿刚走半个时辰，护送兵丁来报："曹娴儿投河自尽了！"

李世民假意让士兵去打捞，没捞到，就弄了几件曹娴儿的衣服葬了个衣冠冢。

李世民班师回朝，经过几年努力，发动宣武门兵变，软禁了老迈昏庸的李渊，把太子李建成和王珪等人贬为庶民。

李世民知道曹娴儿深谙水性没死，着州郡官吏找人始终找不到。李世民只好乔装暗访。旧地重游，几多感慨。珍珠岛上，一酒幌入眼，上书"君心店"。

一老媪弓腰做厨，端上来两只相依相偎的红色大虾。李世民惊异，不由得看向老媪："唯愿君心似我心，双双对对不分离。"李世民幽幽念出，老媪一愣，潜入后房去了。

李世民喝着酒吃着虾看向窗外，海面上，一美貌素衣女子正划着一只小船驶离。嘴里歌儿一样在念，"侯门一去深似海，何如天下是我家。陛下请回吧，曹娴儿十几年前已亡！"

李世民自知愧对曹娴儿，遂放她归野。并加封她为曹妃，珍珠岛被封为曹妃甸，所有出产的大虾都属于曹娴儿。

说来也怪，自从曹娴儿被封后，这儿的大虾个个长得个大味美。人们做大虾时为了讨彩头，也学着曹娴儿双双对对摆成盘，相依相偎如情侣。

从此后，曹妃甸的情侣虾名扬天下。

（本文获 2019 年"曹妃甸情侣虾"征文三等奖）

◀ 葛　覃
....

　　阿娇出生那天，父亲在院子里埋了几段葛根，葛根发了芽，长长的藤蔓伸出院子，爬向山谷。

　　阿娇也像葛藤一样疯长。

　　阿娇把葛藤割下，学着母亲的样子，把葛藤放在锅里煮。把葛匹子剥下，放在河水里揉搓掉葛皮，葛匹子就成了白亮亮的葛纱，柔软的葛纱在阿娇白嫩的手指里缠绕，阿娇仿佛看到，她亲手织就的葛布洁白光滑，被裁成了嫁衣，自己穿着嫁衣嫁给新郎的样子，水里的自己便羞红了脸。

　　但，嫁衣穿给谁看呢？怀春的心里暗自神伤。

　　忽然，传来一阵鸟叫，河对岸荆棘丛里一对黄黄的棘棘鸟儿，一个蹲在荆条编成的窝里引颈高歌，一个站在荆棘枝条上点头翘尾。阿娇看得呆了。

　　河对岸的少年郎也看得呆了，他倒背着手在歌唱："关关雎鸠，在河之洲，窈窕淑女，君子好逑……"

阿娇注意到了少年郎，她也听懂了歌词，赶紧收拾起葛纱，低了头红了脸飞跑回家。

于是，在阿娇无数个梦里，细葛布做的光洁的嫁衣，穿在自己身上娇媚柔美。她要专门穿给那个少年郎看。

也许是巧遇也许是故意，小河边就经常坐着两个年轻人，这岸的阿娇在浣洗葛纱，那岸的少年郎在背诵诗文、抑扬顿挫的声音里，葛纱在无尽地飞扬，两两交集却又互无瓜葛。

阿娇回来得越来越晚，父母终于发现了小河边的秘密，于是一把梅花锁锁住了春心，一个不愿再背诵诗文，一个拿起梭来忘了纫。

阿娇的布织得越来越好了，每逢家里来了客人，父母都会拿着女儿织的布示人。阿娇善做女红的名声不胫而走，媒人就踏破了门槛。

可是终究没有少年郎的音讯，父母出去的时候，依然锁了梅花锁，阿娇就每天做着女红盼着少年郎来提亲。

少年郎终于来了，骑着高头大马，驮着丰盛的聘礼，父母打开了梅花锁，迎接新姑爷进门。

延伸到山谷里的葛藤终于开花了，纷纷攘攘开了一路。

披红挂彩的花轿终于进门了，阿娇成了少年郎的新娘。

掀开红盖头，细葛布做的红红嫁衣终于展现在少年郎面前。

婆婆要考验媳妇女红，阿娇是不怕考的，她做的女红百里挑一。婆婆又考媳妇的勤俭持家，阿娇也是不怕考的，出身寒门的她，最知道日子的勤俭节约。

看着媳妇都过了关，婆婆就把家里的家底抱出，把钥匙交给了阿娇。她以后就掌管这个家了。三月回门，阿娇高高兴兴回来了，父母备下丰盛美食招待已出嫁的女儿。

少年郎读书更勤奋了，学识渊博，阿娇持家有方，日子悠闲又富裕。新添的女儿牙牙学语，阿娇便在院子里也埋上几节葛根，葛根发了芽，长长的藤蔓伸出院子，爬向山谷。

女儿也长大了，她学着母亲的样子把葛藤割下，放在锅里煮，把葛匹子剥下，放在河水里揉啊搓啊，去掉葛皮，葛匹子就成了白亮亮的葛纱，柔软的葛纱在她白嫩的手指上缠绕。阿娇仿佛看到，女儿亲手织就的葛布洁白光滑，被裁成了嫁衣，但嫁衣穿给谁看呢？

河对岸荆棘丛里一对黄黄的棘棘鸟儿在叫，一个蹲在荆条编成的窝里引颈高歌，一个站在荆条上点头翘尾。女儿也看得呆了。

河对岸的少年郎也看得呆了，他倒背着手在歌唱："关关雎鸠，在河之洲，窈窕淑女，君子好逑……"

阿娇终于发现了小河边的秘密，一把大大的梅花锁锁住了女儿的春心。阿娇知道，女儿在盼着少年郎来提亲，阿娇也在盼，少年郎何时来呢？那把梅花锁到底要锁多久？

日子一天天悠然而过，少年郎终于来了，没有骑高头大马，但阿娇却打开了梅花锁。

如今，阿娇的女儿领着一个小小的女孩儿，在自家院子里埋上了几节葛根，葛根发芽了，也爬出院子，爬向山谷，一路生发。

（本文获 2022 年"葛文化传奇"征文优秀奖）

◀ 纵　囚

玄武门兵变，李世民登基，改年号为"贞观"。

李世民为了让大唐兴盛起来，可谓是煞费苦心，他广开言路纳谏。可就是没有几个敢进言的。为嘛？试想，宣武门前，一个连亲兄弟都敢杀的主儿，谁敢狮子头上拔毛，老虎屁股上去摸啊？

贞观六年，快过年了，李世民审阅年后处斩的死囚，发现案件量刑过重。比如张三，因为恶霸强抢他妹做妾，他妹誓死反抗，被恶霸逼得跳河自尽。张三状告无门，才杀了恶霸为妹妹报仇。

"这个完全可以判个充军发配嘛！这么勇武的人，到战场上也一定是个英雄，死在战场上绝对比被判处斩来得豪气。"爱才心切的李世民在心里暗暗感叹。

李世民审阅完案件，决定上天牢里去看看这些死刑犯。死刑犯一听李世民来了，欢呼雀跃的同时，又痛哭流涕。为了意气之争竟然犯下滔天大罪，纷纷表示后悔。

李世民见他们有悔改之意，就问他们可有未了心愿。

他们有说想吃一顿好吃的，有说想自由放飞一天的。最后他们一致表示，想在临死前再见家人最后一面。

因为在古代，凡是被判死刑的，都需要押解到京城，等秋后在东菜市口集体问斩。

他们的家在全国各地，想让他们的家属来京，不太可能。

"你们真想见家人最后一面？"

众囚犯齐说，如果见完亲人最后一面，就算是被冤死也值了。

李世民沉吟良久："那就让你们回家过个安稳年，等来年秋后自动回京问斩，你们可否做到？"

众人皆痛哭流涕，齐说皇恩浩荡，定不负秋后之约。

唯有张三嗤笑。

李世民问他为啥这般表情？

张三说："我们回乡后，如果当地的恶霸私下里把我们都杀了，那可就回不了京城了，到时候您老的面子何在？"

李世民听后，更坚定了他的决定。他当机立断，不顾各位大臣劝谏，放走三百九十个死囚回家过年。

翌年秋后，东菜市口人山人海，他们从全国各地赶来看热闹。看看这些死囚到底有几个守信用的。李世民端坐在监斩台上，胸有成竹地捋着美髯。

死囚一个一个不断地前来报到，他们虽然带着遗憾，但脸上是满足的微笑。

一个、两个、五十九个、三百零八个……三百八十九个……

眼看要过午时处斩时刻了，点点人数，还差一个！而且就差那个张三！

台下的人议论纷纷："好不容易出去了，哪有主动回来受刑的道理，肯定是张三畏死不回来了。"

大臣们也纷纷议论："是啊，哪有想自寻死路的道理？"

听着众人议论，李世民也沉不住气了，引颈向城门方向张望。

众死刑犯已经被摁在斩台上，刽子手的钢刀也已举起。人们心里都在想，这次完了，一场诚信守时的戏被张三演砸了。就连监斩台上的众囚犯也议论起来，埋怨张三算什么男子汉，简直丢众囚犯的脸！

午时三刻已到，监斩官腾地站起，右手高举红批大令，大嘴张着，一个"斩"字刚要喊出口，就见城门方向飘起一阵尘土，一头老牛发疯一样横冲直撞而来，牛车上躺着气息奄奄的张三。

原来，张三回家见过老娘后，就拼命给老娘攒粮劈柴，似乎要把一生的活儿都做完。转眼一年，眼看快到秋后问斩时刻，他又把家里所有的麦子种上，又给老娘准备了过冬的柴火，才急急忙忙往京城赶。

谁承想赶得急，又被秋雨浇了个透心凉，就感冒发烧倒在了路边。等他醒来时，已经过去了三天时间。以自己的体力是赶不到问斩的时间了，看到有个人驾着牛车经过，他就撞向牛车碰瓷，才让牛车主人紧赶慢赶地来到刑场。

李世民看看三百九十个死囚慷慨赴死，这让他想到和他一起打天下的那些汉子，哪个不是铮铮铁骨侠肝义胆的呢？

这些汉子，如果放到战场上，无异于他们！于是，他做了一个更大胆的决定，当场赦免这些死囚，让他们充军发配，戴罪立功。

事后有人说，李世民为了收买人心，早就派了暗卫守在死囚附近，要是他们不回京，就算押也得把他们押解回来。

无论过程如何，这让李世民广开言路的新政得以实施，仁君明主的帽子扣实，成就了一段不朽的"贞观之治"之盛世。

第三辑 古风雅韵

◀ 前世今生风筝缘

不记得是哪一年的寒食节了，我们一帮男孩子相约去放风筝。

白浪河畔，我们一手执鸢一手放线，撒了欢地在田野里奔跑，任纸鸢在晴朗的天空里翱翔。

你们女孩子则在树下搭起绳索，荡起秋千。你飞啊飞啊，白色裙裾飘荡起来，占满我内心空间。

一阵旋风飞来，我的纸鸢飘摇着栽倒在你的秋千架下。我跑去捡纸鸢，你昂头看蓝天。

我说，小姐你看看，我的纸鸢线绕上你的秋千索了。

你这才低了头看我。你停下荡秋千，小心解开缠绕在一起的丝线与绳索。当你心不在焉看到我的纸鸢后，你灵动的眼眸里是一汪春水。你递给我纸鸢的一瞬，春意盈盈。你看着我走远，轻叹，男儿汉就像这纸鸢上画的雄鹰，想飞多高就飞多高。唉！我们女孩子只能在秋千上才能看到更远的蓝天。

我回头，看见你依依不舍之情。从此后，你就常驻我心间。我从潍县打听到济南府，又从济南打听到汴京，才知你是礼部员外郎之女李清照。你来姑妈家游玩，才有了我们的一面之缘。

我叫赵明诚，是金石、绘画的行家里手。你李清照，诗词、金石，也堪称一绝。我求婚到李府，我们成就了一桩郎才女貌好姻缘。

可惜命运多舛，我遭蔡京陷害，颠沛流离，英年早逝。我只好遥寄一只我亲手绘制的纸鸢给你。那上面画着可人的你，着素装遥望蓝天。我知你，生要当人杰，死要为鬼雄。

又是一年春风起，绿了春山红了桃花，清凌凌的白浪河闪着耀眼光斑。阳气上升了，正是放风筝的好季节。我们学校放假了，我和同学相约去河边放风筝。

远远的，一个女孩穿着白色裙裾在放飞一只风筝，风筝上画着一只雄鹰。她奔跑的样子就像一只刚出笼的猛虎，又像天上正飞的雄鹰。我嘀咕，女孩子放个蝴蝶呀美人啥的还好，干嘛整得跟个女汉子似的，喜欢雄鹰呢？

尽管我声音很小，女孩还是听到了。她幽幽说道，这不是在古代，女孩子空有雄心壮志却只能在秋千架上张望。我想放什么风筝还用你教？有本事你放美人风筝去！

我从背后缓缓拿出我的风筝，风筝上画着一位古代仕女——李清照。

女孩惊掉下巴，真看不出啊，现在的娘炮就是多，不爱雄鹰爱美女。

我不稀罕与她辩驳，扯起长长的丝线，助跑。李清照飞起来了！飞得越来越高，越来越高……

女孩的雄鹰没有飞过我的美女，她恨恨嘀咕，真是怪了，阴阳颠倒了？

我盯住她的眼，幽幽说道，那一年，赵明诚一介弱书生却在战场第一线，当了逃兵。李清照过乌江，拿着赵明诚给她的美人风筝，才有了生当作人杰，死亦为鬼雄的千古绝句。你说李清照厉害还是赵明诚厉害？哼！身为女人竟然还看不起女人？

女孩白我一眼，来不及回答，就发现她的雄鹰风筝线和我的美人风筝线搅在了一起。她惊呼一声上去扯风筝线，我也去帮忙解。急切中，我们的头碰到了一起。

疼！我的大脑顿时混沌一片。那年寒食节，有个白裙飞扬的女子……

你？她慢慢抬头，我好像在哪里见过你？

是啊，我也像见过你。在一个草长莺飞的季节，你一身素白衣衫在荡秋千，我的雄鹰风筝线缠绕上了你的秋千索……

等等，我不需要古代才子佳人的故事，你这搭讪也太老套了吧？

好吧，咱们换个方式聊天。敢问美眉是不是济南人？

你怎么知道？

我还知道，你是投奔你姑妈来参加风筝节的吧？

你怎么知道？！

我给你讲个故事吧。

是赵明诚与李清照的故事吗？

是前世今生风筝缘的故事。

第四辑

现言入世

◀ 悔

惠芬男人出去打工了，她独自在家照顾女儿花花。

花花体质弱感冒了，惠芬正想抱着孩子上卫生室，邻居二嫂来串门儿，神秘兮兮说：现在有个法轮功大法，只要好好修炼，能祛病养颜，还能长生不老！

用花钱不？

花钱的不干。

惠芬笑了，确实，二嫂是村里出了名的吝啬主儿。

惠芬说：等我给花花治好了感冒，我也跟你们去锻炼，不图长生，能健健康康的就行。

花花才一岁多，打针后温度下降，整夜呻吟，吓得惠芬半夜叫来二嫂搭伴儿。二嫂说：明天让我们大师给看看吧。

第二天，惠芬抱着孩子和二嫂找到大师，大师留着长胡子，颇有些仙风道骨：你和孩子都打坐，你们手掌相对，把你身体里的小宇宙用意念传给她。

惠芬想想也是，电视里武林高手就是这么做的。

知道你女儿为什么得病吗？大师幽幽问道。

不知道啊，还请大师指点。

你生了业障，上天就会惩罚你，才会连累家人有病。不信你闭上眼睛想想，你这几天都造了哪些孽？

惠芬想起，婆婆养的鸡把她种的菜给刨了，她就生气捉了几只给卖了。

花花小，打坐只一会儿就哭。大师说：你只要天天打坐练功，再抄我给你的经卷，保管你们全家都不再生病。还能打通你全身经脉，骨健体轻。

惠芬抱着孩子回家后，一切按照大师说的办。三天后，花花的体温正常了，惠芬更相信大师的话了，就经常和二嫂一起去练习法轮功大法。渐渐地，惠芬对大法越来越迷了，对大师越来越崇拜了，一天夜里，大师造访，惠芬居然和大师好上了。

花花免疫力下降，三天两头发烧感冒，大师说：多练习法轮大法，不吃药不打针就好。

惠芬迷恋上大法后，地也不种了，花花生病了也不管。花花先是拉肚子脱了水，后来又发烧，直到翻白眼了才去给婆婆说，婆婆慌忙把孩子送往医院。

医生说，如果再晚送了一会儿，孩子就没命了。

男人回来了，知道了惠芬的事后，把大师告上了法庭，大师涉嫌传播邪教，迷奸妇女多人被法院逮捕。男人要跟惠芬离婚，惠芬哭着抱着男人的大腿说：我也是上当受骗的，我改还不行吗？

男人看着哇哇大哭的花花，哀叹一声，也呜呜哭了。

信歪门邪道的人，真是害人又害己啊！

（本文获广东"守护和谐·反对邪教"征文优秀奖）

◀ 质量大过天

"是刘质量来了，我们可要好好干！"

工人们一看到老刘来了，赶紧认真干着手里的活儿。

老刘真名叫刘文斌，为什么被工友们称作"刘质量"呢？这还得从我认识老刘说起。

我的胶合板厂刚成立那会儿，我参加一个板材订货会，认识了老刘。

老刘问我："我是做家具的，你们的板材质量怎么样？"

我说："我们质量杠杠的，要不你去我们厂里指导指导？"

同行偷偷告诉我，老刘是市里一家家具城的老板，他做的家具远销海外。如果攀上这么一位大老板，一年的生产指标就算有着落了。

见老刘问我板材的质量，同行都围拢来说："刘老板，还是上我厂子看看吧，能保证质量的。"

见他们都在争夺老刘，我就发狠说："既然刘老板这么在乎质量，如果我的板材质量不合格的话，分文不要！"

老刘见我说话实在，就跟我进了厂子。他一进厂子就皱起了眉头，"老陈啊，你这里不行啊，板皮干燥，离锅炉太近，容易造成火灾。还有，你看你的锅炉是旧的，压力达不到，你的板材就会压不实，容易起层。还有，你用的板皮夹心太潮，出来的板材容易起鼓……"

他一气说了那么多，让我汗颜！我启动资金不多，大多设备都是买的二手货，想要买新的，那得多少钱啊！

老刘见我直擦汗，笑笑说："你如果真能保质保量给我生产板材，我可以投资给你。"

"真的？"我喜出望外。

"不过，你一定要保证质量！"老刘再次强调。

"您放心，质量就是企业的生命，我一定会保质保量的！"我拍着胸脯保证。

由于老刘的参与，我的厂子很快在同行中强大起来，所生产的板材源源不断地运往老刘的家具城，为我带来不菲的利润。

老刘天天挂在嘴边的话就是质量、质量，一定要注意质量！所以，我们都背地里叫他"刘质量"。

记得有一次，为了能多挣些钱，我用了些廉价的二级板皮做夹心，外面是好板皮，夹心用胶压实了，是看不出来的。

谁承想，货刚运到家具城两天，老刘就给我来电话了，"老陈你快来看看！你如果以后再生产这样的板材，我们可不敢再用了！"

我忙赶到老刘家具城，老刘的嗓子都急哑了，打着手势跟我说："人家老外催货，你自己看看吧。"

　　我在他们锯开的板材里看见，使用二级皮的地方，出现了很多蜂窝状的小孔，这显然不能当家具材料用。

　　"老陈，按照咱们的约定，这批货我是不能给你结款了。你赶紧回去再做，不然的话，咱们的合作关系到此为止！"

　　本来想图便宜大赚一笔的，没想到偷鸡不成蚀把米。看看周围不景气的厂子、倒闭的厂子比比皆是，心里暗暗发誓，我不能失去老刘这个好客户！

　　那几天，我让工人们加夜班赶紧给老刘做合格的板材，我那几天挂在嘴边最多的两个字就是："质量，质量！"

　　由于我质量抓得好，老刘才圆满完成了这次出口任务。过后，老刘意味深长地说："你知道在全国经济不景气的情况下，咱们的企业还这么兴旺吗？是因为咱们质量抓得好，没有质量，一切皆为零！"

　　听了老刘的话，我羞愧地低下了头。

　　此后，每当我下车间查看板材时，还是把"质量"二字挂在嘴边，工友们戏称："那个刘质量不来了，咱们老板又成陈质量了。"

　　（本文获 2017 年"泰州质量"征文优秀奖）

◀ 老耿老耿正步走

"你们人事部怎么搞的！这么大年纪的还要！"秦总一进门就把档案袋摔在桌子上，吓得小祁忙从座位上欠身，"秦总，怎么啦？"

"你看看，老耿六十了，保险都入不上了，害得我被人家保险公司说。小祁啊，以后招工，年纪超过五十岁的就不要了，一个是保险入不上，一个是年纪大了脚步迟，容易出安全问题。"

"可是，老耿是老板在老厂带过来的，现在新厂初建，需要像老耿这样的老人儿。"

"不要做任何解释！老板办厂就是为了盈利，如果出了安全问题，你负得了责任吗？无论如何，你让老耿今天下午就离厂，不然的话，安监局的查下来，咱们没法向老板交代！"

秦总说完，大踏步走了，只留下小祁凌乱在那里。

老耿此时正在 UV 车间里接料，手脚麻利，胳膊上戴着安全员臂章，他是他们小组里的安全监督员。小祁用手捂着鼻子在车间门口喊："耿师傅，过来一趟！"老耿交代工友几句，甩开胳膊正步走，又紧跑两步，"领导有什么指示？"

"上人事部来吧，有事谈。"

老耿满脸堆笑跟在小祁后面正步走，小祁受了老耿脚步的感染，居然和老耿脚步一致地正步走起来。待小祁发觉，已经走到了人事部门口，唉！面对敬业的老员工，该怎么开口辞退他呢？

老耿年轻时当过民兵，又干过联防队员，正步走走得特标准，特专业，以至于在以后的日子里，人们一听到老耿的脚步声不由得在心里给老耿加上了节拍："一二一、一二一！"

在节拍声里，自脚底升腾出轻飘飘的感觉，顿时觉得浑身充满了力量。所有和老耿一起干过活的工友都说，听着老耿的正步走，人立马精神百倍。所以他们一见到老耿都会玩笑地喊上一句："老耿老耿正步走！"

老耿跟着小祁来到办公室，用眼神询问啥事？小祁端起茶杯咽一口水："耿师傅，您今年多大岁数了？"

"六十。"

"您今年该退休了吧？"

"嗨！农村人哪有退休一说！"

"可是，您看——"小祁打开电脑上的身份证验证工具，指着老耿的名字说，"您看，您身份证上显示已退休，保险买不上，所以……"

"我是农村户口，咋显示退休了呢？哦！我想起来了，农村的养老保险该给退休金了。小祁啊，你什么意思就直说吧，你也知道我这急脾气。"

"耿师傅别急，是这样的，秦总说凡是买不上保险的员工都得辞退，里面的利害关系您也是知道的。"

"那好吧。"

离开人事部，老耿的胳膊甩着甩着就没劲了，脚步走着走着就没节奏感了。有中午下班的工友看到了老耿，喊："老耿老耿正步走！"老耿勉强笑笑。看着熟悉的工友，看着新建的厂子，他真舍不得走。

中午吃饭，老耿平时一顿俩馒头，但他今天只咬了一口就去了车间，车间里此时没有人，他怕出现安全隐患，内心里，他想站好最后一班岗。

忽然，UV线的引风管口冒出了白烟。"着火了！"他喊着跑出去找秦总。可秦总招待客户吃饭去了，没在厂里。他又赶紧去找各车间的管理员。他不明白，引风里怎么会着火呢？他不知道，自从他上人事部后，就有电焊工点焊引风管口了，大概是点焊时崩进去的火星子，引燃了管里的锯末子。

很快的，各车间的管理员和员工们都来了，他们拉机器的拉机器，疏散人员的疏散人员，老耿竖起梯子爬上引风管口，顶着高温把引风管口切割开，把工友递上来的水管对准了引风管。他们赶紧将救火演习时的步骤实地操作了一遍，火还没燃起就被扑灭了。

人们欢呼着把老耿围住，纷纷赞扬老耿教的消防知识好用。

秦总一脸大汗跑来了，他知道，如果引风管里引发粉尘爆炸的话，不只是损失一个车间和车间里的货物，更将会引起安监部门注意，严重时，会封了厂子。

待他看到车间安然无恙后，悬着的一颗心才落进胸腔里。他大踏步向前，紧紧握住老耿的手说："人人都说，家有一老赛一宝，从今天开始，您退休了！"

老耿呐呐："我知道。"

"我是说，从明天开始，您就是咱们家具厂的安全监督员，什么活也不用干，只管监督安全问题就成！耿师傅，您能做到吗？"

秦总一句话，说得老耿热泪盈眶，两腿一并："报告领导！能做到！"

"午休时间结束，那您还不赶快去站好最后一班岗？"

"是！领导！"老耿胳膊甩开，大踏步地、正步走着奔向他的岗位，身后，响起工友们整齐的脚步声和热烈的口号："一二一、一二一！"

（本文获 2017 年"沂水安全"征文优秀奖）

◀ 微商与大地

金灿灿的稻子在秋阳里闪着金光，秋风起了，沉甸甸的稻穗随着秋风摇荡。二龙看着一丘丘的稻子，陷入了沉思。

自从大学毕业后，二龙一直为自己的工作为难。大哥大龙和嫂子去南方打工了，老爹也去城市当了农民工，家里只剩下了妈妈和侄女妞妞。

二龙在城里有个工作，工资不高，清闲的时间很多。为了打发时间，他像众多同事一样干起了淘宝。同事们卖的东西五花八门，他们也就图打发时间，不在乎挣多挣少。

可二龙出身农村，不想虚度光阴，他既想为家乡做点儿事，又想自己多些收入，好为家庭减轻些负担。

他卖的东西是家乡出产的优质粳米，还有稻田咸鸭蛋。

一开始，他的生意不算好，他就让他的同学们给刷一单，顺便也把自家产的农副产品送一些给同学们吃。

同学们吃到后来，居然对黏稠适度，香气诱人的粳米粥，和一打开就流出蛋黄油的咸鸭蛋吃上了瘾，他们称，这两样吃食是绝配。

同学们就推广给周围的朋友们吃。一来二去的，二龙的淘宝店收入比工资还高了。

　　二龙想辞职不干了，回家专门搞淘宝。因为粳米和咸鸭蛋在家乡生产，快递起来也方便。可上大学花了不少钱，他如果辞职不干了，家里的人会同意吗？如今，二龙站在香风阵阵的稻陇上，看着金灿灿的稻子发起了呆。

　　二龙妈在远处喊二龙回家吃饭，妞妞跟着奶奶一蹦一跳。夕阳下，这样温馨的画面，二龙觉得回到了小时候。

　　为了照顾家里的妈妈和侄女，他决定吃晚饭时就给妈妈说不上班的事。

　　吃完晚饭，二龙刚想张嘴对妈妈说，妞妞急着出去看大妈们跳广场舞。妞妞拉着奶奶走了，二龙把堵在嗓子眼里的话又憋回肚里。

　　二龙躺在床上，听妈妈和妞妞回来了，要不要起来跟妈妈说呢？听着妞妞欢快的声音，还是明天再给妈妈说吧。

　　二龙刚蒙眬睡着，就听见妞妞的哭喊声，二龙赶紧趿拉着鞋往外跑。原来，妈妈回来洗澡时摔倒了，左边身子发麻。二龙赶紧打救护车把妈妈送到了医院。医生说，是轻微脑梗死，多亏送得及时，不然后果不堪设想。

　　这让二龙更后怕了，如果当时自己在城里的话，妈妈有病了谁来送她上医院？妞妞谁来照顾？他打电话辞了工作，专心在医院里伺候妈妈。

　　在伺候妈妈的日子里，二龙没耽误在淘宝上赚钱。妈妈不知就里，以为二龙的单位待遇好，能请这么长时间的假。逢病友相问，她就夸儿子的工作好。弄得二龙想给妈妈坦白的机会都没有。

　　看着妈妈一天天恢复健康，二龙很想再跟妈妈说说辞退工作的事。可妈妈每天撺着二龙去上班，二龙为难了，妈妈的病不能情绪激动。

二龙在地里转悠了好长时间，他摘取了几棵沉甸甸的稻子回了家。妈，您看，咱们的稻子比往年还好，准能卖个大价钱！

唉！二龙啊，也就你们同学要的稻子还算卖价不错。在市场上卖的价格也就那样了，地里种上点儿总比荒着强。

二龙知道，全国都是这样，粮食价格上不去，乡下青壮劳力几乎全部都去城市打拼了，农村里剩下的都是老弱妇孺。

二龙的网店生意越来越好，妈妈见他不出去工作，整天抱着手机、电脑聊啊聊。妈妈生气了，你说你一个堂堂大学生不出去工作，整天待在家里像啥？

二龙见妈妈真生气了，就把自己现在正做微商的事坦白了，他说他现在也是在利用所学的知识赚钱，关键还能帮妈妈照顾这个家。

二龙妈最先不同意二龙在家里干微商，但看看自己啥活也不能做，就默许了。可她担心这样下去，二龙在城里谈的女朋友怕是要吹了。

稻子丰收季节，大龙两口子回来了，二龙让哥哥办个稻米加工厂，专门为他的网店做售后服务。更可喜的是，二龙在城里谈的女朋友找上了门，她说她喜欢田园生活。

如今，二龙干电商已经三年了，挣得盆满钵满。附近出去打工的年轻人眼红，纷纷跟他学着做起了网商。家乡的农副产品行销国内外，让全国人民饱了口福，同时也为农民创收不少。

更重要的是，像妞妞这样的孩子不再是留守儿童，妈妈这样的老人不再是空巢老人了。

（本文获高邮"同心杯"征文三等奖）

◀ 我的诚信我的福

那一年爹想发家致富，在镇银行里贷款买了鳖苗放养在河汊里。我每次给爹送饭，就看见爹蹲在河沿边，边吸旱烟边看着河汊里爬行的肥鳖笑。

一个初秋的晚上，下起瓢泼大雨，守在河沿边的爹半夜跑回了家，完了完了，一年的功夫被大雨冲跑了，好几万的贷款可怎么还啊？

眼看到手的希望被大雨冲成了泡影，娘哭了，爹也哭了。我缩在床上，听见爹娘说了一夜哭了一夜。

天明了，爹娘收拾起包袱领着我们兄妹坐车到了一个陌生地方，那里各行各业正在红红火火地发展着。

爹打工，娘却病了，好了后，想回老家看看。爹和娘偷偷回家一看，瓦房倒了，院子里长满一人多高的蒿草，娘哭了，金窝银窝不如自己的狗窝，咱啥时能还上贷款呀？

爹娘回来后，叮嘱我们兄妹二人一定要干出个人样儿来还上债，他们好叶落归根。

那一年我十八岁，进了一家板材厂当打胶工，十六岁的妹妹当了铺板工。尽管工作三班倒很累，但看到我们手里结余的钱在一天天增多，我们就有了干劲儿。

后来，老板看我干活不惜力气，人又实诚，就让我当了带班，这样，工资又高了，离父母回家的日子又近了一步。

2008年，金融风暴席卷整个中国，我们厂生产的板材卖不出去，银行催贷频繁，周围有很多这样的厂子老板都跑了。可我们老板不跑，他说人要讲诚信，不能为了不还贷款，就恶意逃跑，这不是做人的本分。

这让我想起我的父母。我很佩服老板承受压力的能力和诚信的品质，就千方百计多干活，多为老板节省一切可以节省的材料。

金融风暴终于过去了，老板的生意很快蒸蒸日上。这时，老板的儿子在国外的事业也起步了，需要父母过去帮忙。老板让我来承包这个板材厂。我说我没钱给你承包费和这些材料钱。他说等有钱了再给，不急。

老板一家匆匆去了国外，我也忙着应付厂里的一切杂务。我对哪条生产线都懂，还能应付自如。可就是资金流转不开难倒了我，对，贷款！

我就去银行咨询，银行里忙派人到我厂里查看，说，你可以用厂房当抵押贷款。我说不行啊，那是老板的。银行工作人员说，我们新推出个仓单质押贷款的项目，正好适合你们这样的小企业。

爹悄悄把我拉到一边，你不要命了？咱们以前的贷款还没还清呢。我说没事，有银行大力扶持，我一定要做大做强，争取把您欠下的饥荒全部堵上。

爹知道我脾气随他，拧，就摇摇头走了。

由于当地银行和政府部门的减费降税政策扶持，我的生意走上了正轨。

我文化浅，对市场不能及时分析，导致生产出来的板材销售不出去，资金很快就又周转不灵了。

恰在这时，远在国外的老板说他儿子的生意也陷入了困顿，需要资金支持。我知道他这是想要承包费和材料钱呢，就一咬牙，贱卖一部分板材成品，给老板汇去。

巧了，贷款也在催交利息了，我急得起了一嘴燎泡。爹说，不让你贷款你非贷，利滚利呀，可怎么还哟？

为了能做个诚实守信的信贷人，我咬咬牙，又赔本卖了一些库存，才把银行利息交上。我赔本卖板材看出了门道，只要价格低，即使是淡季也能销售出去。于是我就亲自下去采购原材料，为的是能节省中间流通所产生的费用。

我附近的板材厂为了能低价出售还能有钱赚，纷纷在偷工减料上下功夫，也有人劝我这么做，我不干，我坚信，诚信才是生财之道。

终于，偷工减料的人被市场无情抛弃了，我的板材因为质量好价格合理销路大增，我的资产成倍翻番。

那一天，我回老家信用社还贷款时，父母流泪了，他们积压心底多年的大石掀翻了，终于可以回老家安度晚年了。

（本文获 2016 年湖北"诚信"征文三等奖）

第五辑

父爱如山

父亲的斑鸠窝

父亲行动越来越不便，也越来越懒。医生说，人老了各脏器各关节都在退行性病变，多活动多晒太阳有好处。

父亲一开始还能在院子里走动，病情越来越严重后，吃喝拉撒只能局限在一间屋子里。

父亲说，家有老人不远行，你哥怎么还不回来啊？父亲又说，你妹一个多月都没来了。

你想他们了吗？我问。

那俩狼崽子？不想。

父亲对自己的病很焦急。父亲说，我又不是得了该死的病，你们就不能弄我上医院去治治吗？

咱们不是刚从医院里出来吗？医生都说了，这病需要慢慢恢复。

那也不能在家等死啊。

生命在于运动，你整天懒得洗脸水有人端，吃喝拉撒不愿动手，还怎么恢复啊。

我走的动还用你们吗？

为了能让父亲运动，我想尽一切办法。我从外面采来三样花骨朵让父亲猜是什么花。父亲说，这是桃花，杏花，那也是桃花。我说你猜错了，这是樱花，杏花，那是桃花。父亲说，我不会猜错的。我说你猜错了，不信咱上大门外看。父亲说去不了。无论我怎么扯，他都稳坐板凳不动。

外面阳光明媚，春天来了，咱们到屋门外晒太阳吧，就几步路，你看看，一步，两步……总共八步路就到屋门外啦！

在我坚持不懈的忽悠下，父亲气喘着走出门外。

抬头看天，真蓝。再看从奶奶老院子里伸过来的老榆树，榆钱真嫩。忽然，父亲的眼光定格在榆树梢上。那里有窝斑鸠的，今年怎么没做窝？

我说我哪里知道？

父亲说，斑鸠做窝八根棒。

也许它们还没到做窝的时间。我回答。

去年那八根棒去哪里了？

去年刮龙卷风，也许被大风吹走了。

父亲就坐在门前的椅子上，痴痴地望着树梢。

哥哥和妹妹在外面工作，照顾父亲的活就落在我和大姐肩上。大姐心慈，轮到大姐照顾时，父亲就让大姐干这干那的。本来父亲穿衣洗脸力所能及的活，大姐也给做完了。大姐惯他几天后，父亲更懒了。待到我去照顾父亲时，父亲更是连门都不出了。

我在院子里喊父亲，看，您养的星星草开花了。父亲说，端来给我看。我说不端，你自己出来看。父亲哼一声，有什么好看的，我才不出去。

我又喊，斑鸠回来做窝了，垒了四根棒，您快出来看！

父亲拄着拐杖，一步一步艰难地从屋里走出来向树上打量，没看到斑鸠。父亲气恼地说，你骗我。

我说您既然出来了，就坐在外面晒太阳吧，我把烟筐子给您端来。

暖阳下，父亲享受地吸烟。

您唱个歌吧。

父亲说唱什么呢？

唱啥都行。

父亲说，就唱十二个月吧。这个曲儿是跑旱船时唱的，一个人唱，另一人答。

那您抓紧唱，我给您录下来发快手。

正月里，什么花，先开先败？什么人手扯手走下山来？正月里迎春花先开先败，梁山伯祝英台手扯手走下山来……

听着父亲苍老喑哑的嗓音，让我想起父亲那些激情燃烧的岁月。他当过会计，刚正不阿；他会木匠活，百巧百能；他是村剧团团长，能歌善舞。父亲爱唱爱跳爱说爱闹。如今，父亲想跑想跳爱热闹，可是……我的眼眶湿润了。

父亲唱完，精神好了许多。我说我扶您上大门，看外面的花红绿柳。父亲说唱了半天累了，想休息。我说您就在这里休息吧，咱爷俩拉呱。父亲说有什么好拉的呢，这就该死了。

您怕吗？

不怕。

是呀，人到了一定年纪，这边的熟人没有那边多。

父亲说，那都是宽慰人的话，人死了死了，哪有什么鬼神什么来世。

您还想多活几年吗？

现如今有吃有穿有养老金，刚过上几天好日子，还没过够呢。

那您就好好锻炼好好晒太阳，天暖和了您这病就好了。

我抬头看天，父亲也抬头看，我们就看到老榆树枝上站着两只斑鸠。其中一只头上脖子上没有毛了，另一只衔着一根树枝在垒窝。

我一惊，这对斑鸠夫妻不知经历了什么，到底还是回来了。

父亲看到斑鸠笑了，这俩懒蛋，终于开始搭第一根棒了。二月二上梁是赶不上了。

但它们终究回来了不是吗？

是啊，无论鸟儿飞出多远，老家依然是它落叶归根的地方。

自此，父亲不用人督促也天天走到门外看斑鸠。慢慢地，父亲也能拄着拐棍在院子里溜达了。看看院子西南角的厕所，抚摸院子里的花草，上大门口坐坐。

每当我推开大门时，就经常看到蓝天绿树红砖碧瓦间，一人二鸟相看两不厌。

（本文发 2021 年《天池小小说》第 21 期）

◀ 倔老头和犟儿子

倔老头当粮管所长时，没给亲儿子办农转非，父子从此生了嫌隙。儿子看到父亲在家绝不多待一秒，父亲看到儿子也没个好脸色。

粮管所解体，儿子畅快了很长一段时间，自谋职业创办了面粉加工厂。二十年时间，儿子做得风生水起。疫情期间，面粉一袋涨了 10 块钱，儿子做梦都能笑醒。

可今天，倔老头像尊神一样堵在厂门口不让儿子涨价。

儿啊，咱可不能发国难财赚昧良心的钱啊！倔老头第一次和颜悦色跟儿子说话。

面粉厂是我的还是您的？儿子火气上来了。

你的。倔老头低声下气。

卖什么价格应该我当家吧？

有抢购者催促，磨叽啥？一袋面涨 10 元，在别的乡镇还抢不到呢！

涨价不能卖！倔老头激动得胡子一翘一翘，现在是非常时期，不信谣不传谣！

儿子冲倔老头吼，我挣的都是干净钱！

有我一天在，绝不让你乱涨价！

凭什么！

凭我是共产党员！倔老头又恢复了以往的硬气，小子你记住，只有粮价稳才能人心稳，人心稳才有好日子过！

你们还卖不卖了？不卖我们走！

看看躁动的抢购队伍，又看看威严的父亲，儿子终于认怂。

一天两天、十天二十天，倔老头感冒了还是照样来。邻镇面粉厂赚得盆满钵满，儿子急得火烧火燎。但看看四邻八乡高兴来买，他也没少赚，就算父亲不监督他也不打算涨价了。

邻镇面粉厂老板忽然被抓，儿子惊出一身冷汗，幸好父亲把关在疫情期间没有哄抬物价，才幸免被抓。想找父亲好好聊聊，四处逡巡才发现，父亲早已好几天没来了，他的心里顿时空落落的。

（本文被长鸿征文收录）

◀ 父亲的牛鞭子

所谓父母子女一场，只不过是意味着，你和他的缘分就是今生今世不断地在目送他的背影里渐行渐远。你站在小路的这一端，看着他逐渐消失在小路转弯的地方，而且，他用背影默默地告诉你，不用追。

李春林坐在窗明几净的办公室里，读到台湾作家龙应台的这段话时，泪流满面。他已经太久太久没有回家了。他的家乡坐落在一个小山村里。

记得年前回家时，父亲木讷接待。待他离家很远后蓦然回首，却发现老父亲站在冰雪里遥望，待他站住脚想挥手时，父亲却转了身。

就在这个星期天，李春林决定驱车一百公里回家看看。

车窗外，玉米林青翠欲滴，艳阳下，公路白花花地照出了水影儿。李春林追着水影儿开车，往事就一幕幕在这水影儿里闪现……

这路面以前泥泞不堪。下雨天，李春林赤着脚丫去上学，娘做的布鞋舍不得在泥泞里跋涉，拎在手里准备到学校的干地面上再穿。这时候如果被父亲遇见了，父亲嫌他走得慢，往往拿着牛鞭子吓唬他，让他穿上鞋子快走。想想和父亲的关系这么僵，也许就是从那时候开始的吧？

远远地，小村庄出现在视野里。昔日的小道已经被村村通柏油公路替代。同时，机械化的种植也替代了人工劳作。村里没有了哞哞叫的老牛，父亲的皮鞭子再也没有了用武之地。

李春林停稳车，从后备厢里拿出给父亲买的阿胶。不记得父亲是什么时候开始低血压的，只记得母亲曾经说过，父亲是二十多岁后才不吃肉的。不吃肉对于一个不干体力活的人来说还好，但对于一个养育了八个子女的人来说，那是怎样的一个体力煎熬啊！这么重的负荷量，不低血压才怪。

大学工作后的李春林也曾买了肉剁碎，掺杂在菜里炒给父亲吃，可父亲全部呕吐出来了，竟然拿着牛鞭子满场院追他，说非要抽死他这个不孝子不可。

李春林对父亲惧怕不已，但也很想孝顺孝顺父亲，可父亲不吃荤腥东西，他觉得每次回家都没有东西可拿。这次他买了阿胶打算让父亲补补身子，阿胶是用驴皮熬制的，就是不知道父亲喝了后，会不会呕吐？

除了阿胶，李春林还专门去小卖部打了散酒。记得那次属下送了茅台他舍不得喝，就给父亲带了来，父亲问是什么酒，李春林说是茅台。父亲问多少钱一瓶。林春林说不知道。父亲就厉声断喝，退回去！

是同事送的，怎么退？您老喝就是。

父亲不再说话，抄起墙上的鞭子挥来，打了个猝不及防。

李春林拎着散酒的手一抖，下意识看看胳膊上的伤疤。当年血淋淋的地方已经长出了新肉，伤疤只剩一条白痕。

大门没关，李春林直接进到家里，没有了母亲的打理，台阶缝里野草正旺，月季花枝几乎越过了屋脊。喊了几声父亲，没人搭腔。李春林放下东西出门去找。父亲在小菜园里正忙着种白菜萝卜，听到他的喊声，抬抬头没有说话。

爹，你咋不关门呢？

方便你们回家。

爹，我给你打了散酒。

父亲抬起头来，眼里有了些光亮，好。

我还给你买了……李春林不知道怎么来形容阿胶。

磨磨叽叽的，买了啥？

阿胶。

听说过，补血的。

父亲站起身来，佝偻着腰跟在李春林身后慢慢踱进家去。

父亲抚摸着阿胶精美的包装盒子说，是你自己花钱买的吗？

是。

多少钱？

林春林忘记了，只说，不贵。

父亲抬头望了望墙上的牛鞭子，鞭子是用三根牛筋搓成，当年铮明瓦亮的白色现在已经乌黑。

李春林咯噔了一下，急忙解释，这阿胶也不贵，平民百姓消费得起。不信你问妹妹，她经常喝。

不用问啦，你都四十好几的人了，应该懂得。

您曾教育过我，公务员不拿、不贪、不占，我不会再收别人的东西的。

你找个凳子，把墙上的牛鞭子取下来吧，半夜睡不着醒来，老看它像一条蛇。

李春林站在凳子上，伸手去摘鞭子，鞭子被钉子勾住了，他使劲一扯，昔日结结实实的鞭子瞬间断为两截。李春林背后，传来父亲重重的叹息，唉！它功德圆满，扔了吧！

不！李春林在橱柜里翻捡出一块红布，郑重地把牛鞭子包起，我要拿给您孙子看，他今年刚考上公务员。

真的？父亲眼里闪过一丝亮光，接过李春林递过来的阿胶，一饮而尽。

（本文获 2018 年"清风解放·廉洁从家出发"征文优秀奖）

◀ 回家过年

自从母亲去世，真不想回娘家。现在是腊月二十八了，不回不行啊，老父亲还盼着我回呢。

小小的村庄里，出去打工的、进城定居的，仿佛在一夜之间都蒸发了。母亲去世后，这个小村庄只剩父亲一个人了。确切地说，除了父亲还有一条他捡来的黑狗。

不知什么时候，曾经蓬勃的草在台阶缝里死去，一棵花椒树长在大门一侧，枝枝杈杈的花椒枝几乎封了门。

我奔进家里，父亲惊诧："你不是说不先回来了吗？"

我不答话，拿起镢头直奔大门口，把挡门的花椒树三两下轧断，把台阶上曾经长得茂盛如今枯黄的草锄下。

父亲跟到门口："妮子疯了吗？这棵花椒长得多好，你刨它干嘛！"

"我堵得慌，你这次不跟我走，我就常住这里了！"我有气没地方撒，每次让他跟我们去他都反对，说什么人老了故土难离落叶归根的。

父亲被我生气的样子逗笑："放心，我有狗做伴不寂寞，你们都有家，我去掺和干什么，住着也不方便。"他望着娘的照片说。

"儿女的家不也是您的家吗？今年过年您如果不跟哥哥进城，就必须跟我走。"

"傻妮子，有你哥哥在，我去你家干嘛。"

"老封建，女儿家和儿子家有区别吗？"

"我不跟你抬杠，我给你做饭去。"

看看哪里都尘灰傍土的，我放下扫帚拿抹布，里里外外拾掇了个遍。父亲把饭也做好了，熬的小米粥浓香四溢，炒的小青菜青翠欲滴，连煮带炖的好几个菜，我边吃边和父亲唠嗑："爹呀，您做这么多饭干什么，咱爷俩吃不了。"

"你什么时候饿了什么时候吃，你们小的时候特能吃。"

"我们现在长大了，胃消化不了了。您平时都做这么多吗？"

"没事，我吃不了，外面还有小黑等着。"父亲说着，端了碗饭，叨上几棒子菜去喂狗，小黑在外面咻咻地叫着，两只前爪抬起老高。

"哎，我还没吃完呢，你怎么喂狗了？"

"你还没吃完啊，我忘了。"

唉！父亲的记忆力一年不如一年了。

晚上，我还是劝父亲跟我走，要不牵上小黑也行，我说专门在我家小院给它垒个窝。

"不行，我半夜都会梦见你娘在做饭，你们在院里嬉闹，换个地方我睡不着觉。"

"把我娘的像也抱着，明天您无论如何也得跟我走，要不我和哥哥再也不回来了！"我下了最后通牒。

晚上我又睡在年轻时睡过的床上，听着那屋的咳嗽声，怎么也睡不着。父亲老了，可还是那么犟。父亲大概在卷烟叶抽烟吧？发出沙沙的声音。他是故土难离啊！

快天明时，沙沙的声音才停止，接着屋外又有动静，父亲年纪大了，觉也少了，我却迷迷糊糊睡着了。

这几年生意场上的尔虞我诈使我失眠，我就在黎明前睡着了，睡得特别沉，甚至连梦都没做。

我终于醒来。正午的阳光照进来，红彤彤的光映上门楣门框，是春联！原来是父亲一夜之间写的，又大清早贴上的。今天是腊月二十九，是该贴门对子了。我的门上依然是：黑发不知勤学早，白首方悔读书迟。横批：寸时寸金。

父亲那屋依然是：近水楼台先得月，富贵花开一品红。横批：福寿安康。出得门来，大门上也依然是：大门外青山绿水，草堂内孝悌为先。横批：国泰民安。

父亲的毛笔字是出了名的，多年前，一进腊月门，爹就忙活开了，附近村庄的人都让他写对联，通常写到夜里三四点。如今，印制好的对联集市上多得是，父亲也落得清闲，每年只给自己写，他说不写春联就没有年味。

"妮呀，咱说好了我去你那儿过年，过了年我还回来。"爹哆哆嗦嗦在娘的像前烧上香："他娘，你在家等着，我回来再给你唠嗑啊。"

我扶着父亲，他牵着黑子，走出这个长满青苔的小院，父亲回头又看一眼："妮，把门锁了吧。唉！青山绿水的地方没人稀罕喽！"

我锁了院门，给哥哥打电话，哥哥听着我哽咽地叙述，沉默一会儿说："你别让爹去你那儿了，我和你侄子这就回家过年！"

"哎！"我脆脆地答应着，把这个好消息告诉了父亲，父亲竟像小孩子一样哭了。

父亲送我到南边荒芜的打麦场，车驶出好远，我回头再望，父亲隐在枯黄的冬季里，与草木一色。

（本文发 2023 年《宝安文学》728 期）

◀ 带着父亲去打工

父亲又走丢了！我在工地上急得像热锅上的蚂蚁。

不记得父亲走丢多少次了，父亲每次走丢，有时候是工地工友发现后送回来的，有时候是热心的市民送回来的，更多的时候是他一身泥土躲在工地某个角落里等着我去找他。

我是个农民工，出生在鲁西南山区，学历不高的我选择了常年在外打工赚钱养家。母亲在我打工期间得病住院，那时候父亲特别忙，一边要去医院照顾母亲，一边要回家种地。父亲说，他就是在那个时候开始健忘的。

父亲问我，啥时候回来看你妈？我说，现在建设新城正在节骨眼上，日夜加班，没时间回。父亲停了好一会儿才说，其实你妈的病也不严重，你就安心干活吧。

谁承想，母亲从此离我而去，这成了我永远的痛。

父亲在痛苦中逐渐健忘，直到找不到家门时，我才慌了，嘱咐媳妇拉着他去医院看。诊断结果，父亲得了阿尔茨海默病。随着父亲犯病的节奏加剧，媳妇开始抱怨，她说她得干地里的活儿，还得照顾两个上学的孩子，根本没有精力天天陪着老人。

我很想在家里照顾老人，可是一大家子的吃喝拉撒都得用钱，我不出去打工挣钱谁来养活这个家呀！狠狠心，把父亲带到我打工的地方。这是一座滨海城市，我们将要建设的新城区有得天独厚的三面环海的地理优势，环境美，水质优，天蓝水蓝的，是个旅游和宜居的好地方。

我们出来打工不能总出去看风景，就算父亲有健忘症，也会在情况好的时候，帮我们浆洗一下衣服，给厨房帮忙剥葱剥蒜。

可是，他现在又失踪了，我跑遍整个工地喊，爸呀，爸！你在哪里？

以往，要是父亲躲在工地的某个角落里，我这样一喊，他保准出来说，我在这儿呢！然后带着一脸的惶恐跟我回工棚。

正是晚上下班的时候，工友们听说我父亲又失踪了，纷纷加入寻找父亲的行列。

工地上没有！我们逐渐扩大搜寻目标，可偌大个城市，道路四通八达，我们上哪里去找呢？附近有个小区，我晚上经常领着父亲去看人们跳广场舞，他会不会去那里了吧？

跳广场舞的大妈大爷们还没来，我整个广场搜寻遍了，也没见到父亲的身影。华灯初上，整个城市笼罩在辉煌中。如果父亲失踪了，我该怎么办？我喊着爸，你在哪里？嗓音里分明染上了哭腔，可是，我那诚惶诚恐的父亲，始终没出来应答一声。

工友们劝我回去吃饭，实在不行的话明天就去报警。可我没有心思吃饭，我只想找到父亲。从小父亲就特别疼我，那些年生活那么艰辛，我想要什么他都会给我买。刚流行智能手机时，我给父亲说打工要用，父亲就装了好几车的地瓜干卖了，给我买了手机。其实，我要手机只是想玩游戏！

越想着父亲的好，我越内疚伤心。就在我绝望时，忽然，从小区里走出嘻嘻哈哈一群人，为首的是一个穿黄马甲的老头，他手里提着音响。在这个美丽如画的城市里，小区的人生活得多惬意呀！他们又来跳广场舞了，我赶紧起身打算离开。走到老头跟前时，我猛然发现，是我的父亲！他放下音响，音乐还没起，他就开始跳起了秧歌步。我猛然记起，父亲年轻时就在村戏剧团里演过戏，秧歌戏里的十字步是那时候流行的舞步。

我扑过去抓住父亲，爸，你咋在这里呀？快跟我回去！

父亲没有了以前失踪时见到我的惶恐，他呵呵笑了，我不回去，我要跳广场舞。他说完就融入人群里。

舞曲响了，人们跳起欢乐的大秧歌，父亲兴奋地扭动着。明亮的灯光中，我赫然发现，父亲的背上印着二维码！除二维码以外，还印了一串电话号码和一句话：当我回不了家时，麻烦好心人送我回家。

这时，居委会的秦大妈来到我身旁，说，小伙子，你就安心干活吧，我把我们居委会的二维码和电话印在马甲上了，你父亲就算再走丢的话，也会有好心人送回我们居委会的！另外，你父亲跟着你在工地不安全，早起上班时，你先把你父亲送居委会来吧，我们给你照应着，我们居委会就权当是他的家了。

大妈说完，融入跳舞的人群里翩翩起舞。我望着这群热情又善良的人们，热泪盈眶。

父亲的健忘速度越来越慢了，咨询过医生后才知道，目前对阿尔茨海默病没有有效的治疗方法，只有给予患者爱，才是延缓疾病发展的最好方法。

在以后的半年里，我经常看见穿着黄马甲背后印着二维码的父亲，和居委会的大爷大妈们在小区里忙忙碌碌。

父亲学会使用智能手机，他经常传给我一张又一张滨海新区的图片。看着图片上一座座漂亮的高楼鳞次栉比，看着金黄色的沙滩上一群老人在起舞，看着宽阔的道路两旁树木葳蕤，忙碌如我，竟然通过父亲传给我的照片，找到了作为新城建设者的自豪感。

真没想到，四十多岁的我，居然拥有了一双发现美的眼睛。

（本文获 2019 年小小说选刊举办的"清风廉政"征文三等奖）

第六辑

执子之手

◀ 跑得快与说不清

　　马寡妇那时候不叫马寡妇，人家都叫她马三家的。她上过初中，头脑灵活，说话语速也快，走路也快，大家就不再叫她马三家的了，就得了个"跑得快"的外号。

　　要说起她的近邻李大哥"说不清"的外号来历，还和"跑得快"有关呢。

　　那时候的农村，一到腊月就是闲日，女人们做着针线活，拉着东家长西家短的呱儿，男人们就相约着去打牌，打到尽兴处，就玩钱了。

　　马三就是被李大哥约去打牌的，谁知道打着打着就和一个人因为几毛钱的事打起来了。后来心情不好，就去李大哥家喝酒了，心肌梗死犯了，回家躺床上就再也没醒过来。

　　有一次李大哥家的鸡找不到了，就去"跑得快"家里找，只有几秒钟的工夫，"跑得快"就像斗鸡一样把李大哥攘了出来。只听李大哥说："我和你说不清，说不清！"

"说不清你就别说！吃你一只鸡咋了？俺还想让你赔俺男人呢！"

李大哥也来气了："是他喝醉了酒你没给水喝，烧死了，能怨我吗？"

"不怨你怨谁？就怨你，就怨你！""跑得快"爆竹似的话语炸得李大哥张不开嘴儿。李大嫂听到了跑了出来："哟！赔男人呀，现在就是捏个泥的也晒不干了。"

跑得快更来气了，她上前抓住李大嫂的头发就扯，李大哥站在原地干打磨磨，他嘴里喊着"真是和你说不清"就要往家里蹿，"跑得快"松开李大嫂的头发就把李大哥拦住了："说不清？咋说不清了？"她把高高的胸脯故意去碰李大哥，李大哥更是满嘴"说不清"地跑进了家，关上大门再也不敢露面了。从此后，看热闹的人就给他取了个绰号叫"说不清"。

李大哥和"跑得快"做邻居做够了，就跑到路边建了厂棚，开了个木材加工厂，很多年没有开怀的李大嫂也忽然开怀了，生了个千金，李大哥整天笑得合不拢嘴。可天有不测风云，李大嫂忽然就有了心脏病，孩子还没满月她就撒手人寰了，这可苦了李大哥，他哄完孩子还得干活，整天忙得更是满嘴"说不清"了。

马寡妇就是跑得快，她先养狐狸，后来行情不好全卖了。再养肉食鸡，后来不挣钱也不养了。可失去了顶梁柱的家庭，一双儿女还要抚养啊，她就赶集卖鞋，挣些钱贴补家用。去年是暖冬，她提的棉鞋全部积压在家里，很是苦恼。

她每次走到李大哥厂子前时，总是有意无意搭讪几句，李大哥没有心情调侃，只是敷衍几句对生活的说不清了事。农村大概就是谣言的发源地吧，久而久之，一个寡妇一个鳏夫经常说话，在外人眼里，真的有些说不清的味道了。

今年才刚刚进入农历十月，一场大雪纷纷扬扬没有头绪地下个没完没了。"跑得快"不顾路滑，赶紧往各个集市上跑，只两天的功夫，去年积压的棉鞋销售一空。她买了儿子最爱吃的鸡翅，又给女儿买了新衣服，兴高采烈地开着汽油三轮回来了。

像往常一样，她习惯性地往李大哥的厂子瞟，这一瞟不打紧，她吓得心惊肉跳，赶紧停了车，顾不得熄火就往他的厂子里跑，边跑边喊："厂子要塌了！快跑啊！"原来，一天一夜的大雪堆积在厂房的石棉瓦上，承重不起，厂房顶正在一点一点地塌陷，正好被"跑得快"看到。

她的尖嗓子在村里是数一数二的，厂子里干活的工人都跑了出来，有人赶忙跑进屋子，把李大哥不满周岁的女儿也抱了出来。李大哥却听不见，他正用着电锯，"仍仍"的刺耳声压过了"跑得快"的尖嗓子。

眼看厂房就要塌了，电光石火间，跑得快一个箭步跑上去，拉起李大哥就跑。刚跑出厂房，跑得急，就被雪滑倒了，他和马寡妇就滚倒在雪地上，身后的厂房"咔嚓、哗啦"瘫倒！惊得李大哥紧紧抱住马寡妇！

那么多工人见证了他们抱在一起，事后，他们的关系更说不清了。

（本文发 2016 年《天池小小说》第 9 期）

◀ 竹笛声声
·····················

    每当月明之夜，东南风吹起的时候，湖泊对面就会飘来一阵阵竹笛声。笛声缥缈空灵，激荡在夜风里，如泣如诉。

    如果你恰巧听到了，你一定会落泪的。你说那么远，笛声还能传到咱们家，也是奇了怪了。

    这是姐姐写信时给我说的，不用猜我也知道吹笛子的人是谁。

    抬头看着异乡明月冉冉升起，我仿佛看见有位长身玉立的少年，站在月华如洗的湖泊边，一支竹笛横陈，右手修长的手指翘起又落下，一个个音符就穿过夏夜的黑暗，借着东南风的浮力向西北飘来，一直飘到我家门前。

    吹竹笛的少年是邻村的谢涛，一张黑红的脸膛，一双炯炯有神的大眼睛经常羞涩地半垂着。他小学是在我们村上的，初中时，他考上离家七八里的联中跑校。他每天早上翻过两座山头去上学，中间会路过我家大门口，下午还要赶七八里路回家。我考上的是乡初中，需要住校到星期六的中午才能回家。每个星期回家的时候，往往会在大门外遇见他也放学归来。

    有一天，我正和姐姐砍了一棵竹子制竹笛，我们正争论不休怎么才能让它响时，恰巧被放学归来的谢涛看见了。

我们姐妹经常吵架，但被同学看到就很不好意思了。那时候的人比较羞涩，男女同学遇见了从来不打招呼，如果目光不小心撞到一起，脸儿立刻红了，互相尴尬笑笑，赶紧躲开。谢涛也不例外，只是看到他走出很远还在回头看我们，我们也只好尴尬地回家。

三年后，我们都初中毕业了，我们都在家种地。也是巧了，我家有块地和谢涛家邻边，时不时能遇见。遇见也是不说话的，倒是大我两岁的姐姐经常和他打招呼。

每晚的竹笛声是你吹的吗？姐姐问。

是。

每晚都吹吗？

是。

我真想撬开谢涛嘴巴看看，有如此美丽的姐姐给他说话，他竟然惜字如金。

那今晚你还吹吗？

吹。

谢涛说完，偷眼看我，我也正气他说话字少，四目相对中，他很快撤开眼神。

姐姐乌黑的大辫子盘在脖颈间，手上粘着泥，其时，我们正在插薯秧。

能教教我吗？

姐姐期待的眼神让谢涛很不安，他支吾着说，这需要悟性的。

春日的太阳照着，闪过一个个氧气光点，年轻男女在劳动间隙说着话，蓝天白云下，形成乡村独有的风景。

　　快插完薯秧时，谢涛突然说，我秋天要去验兵了。

　　我们惊愕抬头，看见的是他坚毅的目光。

　　农村孩子要想走出大山，唯有两条路可走，一条是成为学霸，一条是当兵。

　　不确定他是对我们姐妹俩谁说的，反正我们都听到了。

　　姐姐讷讷说，能不去吗？

　　谢涛看一眼我们，坚定地说，去。

　　我在那年夏天和小姐妹一起出去打工了，姐姐给我写信说，每当东南风刮起的时候，总能听见谢涛的笛声。末了，姐姐还不忘问我一句，谢涛给你写信了吗？

　　我往往会被姐姐这句话逗笑，我何德何能啊，人家能给我写信。

　　直到后来发生了一件事我才明白姐姐这句话的意思。

　　谢涛当兵走了，我也在外打工，只有姐姐帮家里种地走不开。有一天，有媒人上我家提亲，媒人拿出一张照片让姐姐看，姐姐一眼就认出是谢涛。姐姐惊问媒人，谢涛看中谁了？

　　媒人惊讶地四处逡巡没看见别人，媒人很确定地说，还能有谁？当然是你了。你看这孩子长得浓眉大眼的，又是当兵的，有前途。

　　姐姐再看照片，黑白照片里，谢涛穿着军装，庄严地看着姐姐。姐姐羞涩地扭过头对媒人说，其实，我们很熟的。

他的父母在家里为他当家做主定了亲，顺理成章地，谢涛成了我的姐夫。

姐姐再给我来信时，字里行间盛满笑意。我虽然心里有小小遗憾，但在大城市里看得久了，优秀的男人比比皆是，也就把这件事放下了。

可是姐姐再给我来信时，我看到信纸上明显有泪痕。她在信里没有再提起谢涛，只说了些家长里短。直到过年回家我才知道，原来谢涛看中的是我，是媒人弄岔了。

谢涛的母亲很要面子，死活不让谢涛退婚，她看中了姐姐的勤俭持家老实本分。

谢涛本该退役的，又自己要求在部队上再待两年。

快退役时，谢涛参加了一次森林救火，眼看火灾要扑灭了，他们一个班的人在翻越一条峡谷时，蹚着齐腰深的枯树叶艰难行走。他们带起的空气触发了枯叶沤出的甲烷，一瞬间爆炸声响彻云霄，一股火焰蹿起，整个峡谷成了火海！

姐姐听到谢涛牺牲的消息，哭成了泪人儿。

那年我也找了对象在家待嫁。

月亮好圆，我和姐姐站在大门外的梨树下，一阵东南风刮来，带来湿湿的水汽。我们仿佛听见，从湖泊那边传来如泣如诉的笛声。

六月东风当时雨。噼里啪啦的雨点子砸下来，瞬间黑了夜幕。笛声戛然而止，是老天也哭了么？

（本文发 2023 年《洽川文学》7 月 1 日）

◀ 窗 外

我得了带娃抑郁症。

对面楼上那对夫妻又开始秀恩爱了。男人拥有一头浓密的头发，女人一副妖娆身材。他们相拥相吻完全不顾忌对面的我们，兴之所至，他们还会跳上一曲，这可羡煞了我们。

我说对面那对肯定是小夫妻，像咱们老夫老妻的，肯定不会那么黏糊了。老公深表认同。

生活每天就像行军打仗。一大早起来做早餐，督促女儿起床，给小儿子喂奶。

老公带着女儿上学后，我又得刷碗洗衣拖地抱孩子。拾掇完这一切，还要带着孩子去楼下小超市买日用品。我爱的美容呀看电影呀，统统都丢到了爪哇国。

每每和老公吵架吵女儿，我都会发现对面那扇窗子会适时敞开。女人的第六感告诉我，他们一定在关注我们，我听见了他们的笑声。

老公说，别吵了行吗？我要工作、要兼职，你要理解我，我也累呢。

我就不累吗？你带一天孩子试试！

老公关切地问，抗抑郁药吃了吗？

我才不吃药，病了就死！

你简直不可理喻！

老公生气去书房继续他的兼职，我则哄着孩子入睡。

我抱着孩子去楼下小超市买东西，有人进来，只看身材就知道是对面那个女人。她也看向我，脸上露出惊喜之色，颤声问，你是我们对面楼上的？

我说是。

女人笑着要抱儿子，儿子撇着小嘴哭了。女人一脸落寞，转而又笑着说，这小家伙，认生呢。

吃过晚饭，我不由得又坐在窗边往对面看去，女人正给男人喂饭，男人也喂一口给女人。男人变戏法般拿出一束花献给女人，女人咯咯笑着接过，他们又跳起了优美的华尔兹。

女人笑声有传染力，我打算第一次向老公服软。

我拿下老公眼镜在他耳边吹气，老公，别累着了，日子不是一天过的。

老公诧异抬头，眼里闪着满满感动，老婆，你真好！

我和老公相拥走到窗前，对面那家早已拉上了窗帘。

老公说，有月光，有邻家在安睡，世间仿佛只有你和我还醒着相拥，这时光，好美呢。

是啊，生活虽然辛苦，但看着儿女一天天长大，心里的成就感就爆棚。虽然天天鸡零狗碎，但生活充实而幸福。

老公，我们很久没跳舞了，也来一曲华尔兹怎么样？

老公放上一曲，把声音调到轻柔，我们相拥而舞。这一刻，仿佛回到初相识，又仿佛走向地老天荒……

去医院复诊，医生说我的带娃抑郁症痊愈了。

我们每天依然紧张忙碌地生活，只是每每抬头看对面的窗时，却不再打开。

半个月后，楼下响起 120 的呜哩声，对面的窗子打开了，医生和护士忙着给男人插各种管子，男人浓密的假发掉在地上，女人妖娆的身材更纤细了。男人被抬走，女人摇晃着身子把窗户关闭。

我听见了女人撕心裂肺的哭声。我好想去安慰她，给她一个拥抱。可是我们只有一面之缘，我只好放弃。

我抱着孩子再去小超市时，又遇到对面女人，她脸色平静，画着淡淡妆容。

她说他癌症晚期，只想在家里度过最后时光。他让她谢谢我们一家，是我们温馨的生活带给他生的希望，让他快乐了半年。他病了很久，他们一直渴望有自己的孩子……

我愣住，原来我的一地鸡毛也有人羡慕。

是夜，我拉着老公又来到窗前，放一曲华尔兹，跳舞。只是偶尔抬头，再也不见了对面跳舞的人。

老公察觉到我的抑郁，拥紧我，温热触感让我回归。

此时，月华如洗，岁月静好。

（本文获广东"邹福记"征文三等奖）

◀ 百变的叶子

叶子前脚刚出门，刚子也随后出了门。这是在跟踪媳妇吗？他也说不清楚。

怕被媳妇发现，他故意放慢脚步，装作晚间散步的样子，只是随着她渐渐远去的身影慢慢踱去。

村街的小巷没有路灯，月华初上，道路两旁的小杨树不知什么时候已经长得枝繁叶茂了，满树的叶子在朦胧的月色里起舞。

刚子哀叹一声，以往没有智能手机的夜晚里，看腻了裹脚布一样的电视连续剧，他就会拉着媳妇去村街上走一走，看一看。

宁静的夜晚，秋虫低鸣，大街小巷里飘散着各种花的香味儿，每家每户透出昏黄的灯光，裹挟着柴米油盐的味儿，真切而温暖。

叶子以前从来不打扮，除了在村工厂干活外，还得照顾上学的两个孩子。间或为了柴米油盐芝麻碎儿，他们还要吵架。

自从她迷上跳广场舞后，每晚都出去玩儿，自从她们舞蹈队在镇广场舞比赛中获奖后，她每晚都会画一个精致的妆容。

叶子看刚子每晚憋在家里玩手机，也曾劝过刚子，出去活动活动，对身体有好处。可刚子从没听过。从此后，各人玩各人的，倒也自得其乐。

转过几个墙角，媳妇不见了，刚子也不急，广场上的音乐还没传来，媳妇今晚应该是去早了。

又拐过一个墙角，远远地，前面有两个人影儿在晃动，女人的长发随着男人搂抱的节奏在摇摆。现在农村也开放了，恋人搂搂抱抱成了家常。

刚子顿住脚步，他如果继续走的话，会打扰到那对男女。他转身回去的话，又怕吓到他们。非礼勿视，他只好把视线锁定在三米之内，将目光降低到地面。

他就看到一只小动物在水泥路面上动，一会儿像一只小虫子在爬，一会儿又像一只迷你小鸟在轻啄地面。刚子越盯着看，这个小东西幻化成的东西就越多。

刚子不敢走近了去看，目光不由得瞟远了，他又看到那两个搂抱的人，女人的小舞裙在摆动，小白鞋在月光里闪着亮银色。他越看那个女人咋越像自己的媳妇叶子呢？只是她挽起的头发散成了披肩发。

刚子疑心顿起，广场上的音乐没起，媳妇应该没去跳舞，怪不得最近连架都懒得吵了，难道她爱上了别人？他凝神再看，分明就是自己的媳妇嘛！他大喝一声，干什么的？

那俩人听到大喝，兔子一样逃跑了。确切地说，是那女人拉着男人跑的，还留下一串银铃般的笑声。

听笑声不像媳妇叶子的声音，刚子哑然失笑，唉！都怪这朦胧的月色看不真切！

他继续往前走，三米处的那个小东西就在眼前。他蹲下身细看这个变化多端的小东西，呀！这就是一片遭受过风霜洗礼，又被虫子蛀咬过的杨树叶子呀！经月华晕染，晚风一吹，这枚普通的小叶子竟然成了百变的模样。

身后响起轻轻的脚步声，飘来一股好闻的洗发水味儿，刚子还没来得及回头，就被一双粗糙的手蒙住了双眼，故意变声的嗲音响起，帅哥，猜猜我是谁？

不用猜也知道是叶子。刚子掰开叶子的手指，看看她披散开的头发，陡然间想起刚才的那个长发女人，他颤声问，刚才那个男的是谁？

哪里有个男的，不就是你吗？叶子粗犷大笑。

你没去跳广场舞？

我去了，广场上晒满了花生和豆子，没地儿插脚，我们就回了。

你怎么没走这里回来？

我顺便遛个弯儿从那边回家了，洗完澡看你没回家，就出来找你了。说，你是不是也想跳广场舞了？

刚子没回答。他看看媳妇，又看看地上的叶子，这就是一枚普通的杨树叶子，如媳妇叶子一样普通。可这枚叶子又不普通呀，迎着日出而作，随着月光而舞，尽管遭受风吹日晒，但还是活成了诗意的模样。

你蹲在这里干嘛？

我在看叶子。

有什么好看的？

月光下的叶子会百变。

叶子俯身看看那枚小叶子，冷声问，和你有关系吗？

刚子拾起那枚树叶在指尖把玩，另一只胳膊搂紧叶子，从现在开始，她永远属于我了，你说有没有关系？

月色朦胧，刚子和叶子依偎着回家去。他们诧异发现，这样的场景曾经在很久很久之前发生过，像诗，又像梦。

◀ 暖暖爱

何姨您说，我不跟他离婚还有过头吗？这日子是没法儿过了！

婷婷，你们不是自由恋爱闪电结婚的吗？看结婚证日期，你们才刚结婚三个月，难道要闪离？

何姨，那时候他是暖男，暖男你明白吗？就是让人觉得一靠近他就像靠近了火炉，暖暖的。我就是被他融化了才跟他结婚的。

结婚后你们幸福吗？

顾婷婷眼里升起星星，但很快暗淡下去：说实话，他在生活中对我无微不至，做饭洗衣都不用我干，说句不怕您笑话的话，就连我的内衣带子松或紧他都很关心。

这样的暖男打着灯笼也难找啊，你看那一对，他们幸福吗？

顾婷婷看看坐在长椅里的那个男人，白皙的手不断地在手机屏幕上戳啊戳，嘴角含着笑意。和他扭着脸的那个女人，粗糙的手指捏着纸巾哭得梨花带雨。

顾婷婷忽然压低了嗓音：何姨，我想扇那男的一巴掌！

何姨用手示意她淡定：你别操人家的心了，快解决了你的事再说吧。

他还没来，让他们先离吧，这样的渣男，我看着一刻也受不了。

不急，对离婚的人就得磨磨他们的性子，他们以为婚就是那么容易离的？

何姨，我感觉您这话咋像指桑骂槐呢？

何姨笑了，继而正了脸色，你先说说他有什么缺点，你千万别说你们感情不和才离婚的，那是太老套的说辞。

他爱种花，还爱分享给左邻右舍，弄得家里到处都是土。

那不是缺点，是热爱生活。

他爱管闲事，小区里一个青年打他父亲，他去拉架，结果把他的眼镜打烂，差点儿扎了眼睛。

热血青年，值得表扬。

他管闲事就管吧，我也懒得再劝了，可他千不该万不该在今天的上班路上又管闲事，一个女人骑电动车摔倒了，他非要去扶，何姨您说这社会，能扶吗？

能啊，传播正能量就靠你们这代人了，世上还是好人多。他扶了吗？

我不让他扶他非去扶，结果就闹成这样了。顾婷婷说完摊开双手，表示无奈。

那他到底扶了没有？

我一生气就来这里了，我哪里知道！

你这粗心的丫头！我和你妈认识这么多年，拿你当亲闺女待，你女汉子似的，遇到这样的暖男，真是绝配。我可告诉你哈，失了这个村可就没那个店了！你难道想找个那样的男人？

嘁！郭婷婷不屑地斜视，继而转回头来：何姨，我打一辈子光棍儿也不找他那样的！

嘘！别让他听见。

反正我就想跟那个傻瓜离婚了。

那还得听听他的意见，看看你们还有没有挽回的余地。

正在这时，她们口中的暖男出现了，同时出现的还有一位女人，头上缠着绷带，被暖男扶着。

何姨一看见那女人就笑了，婷婷快看，人家赖到门上了，看看他还扶得起吗？

郭婷婷扭头回看，正和那女人对视，她惊讶站起：妈！您怎么来啦？头怎么破了？他难道扶的是您？！

先别问我，你是来打离婚的吧？

是。但是妈，他救了您，我现在又改变主意了。

错，妈是来支持你离婚的，这样的傻瓜哪一天非得被人家赖上不可。

暖男黯然神伤，好吧，为了我深爱的婷婷不受我连累，我同意离婚。

郭婷婷彻底傻眼了，离婚只是气话，可老妈现在不帮忙劝解，还火上浇油。

郭婷婷上前去扶老妈，被绊了一跤，正待弯腰去看，早见暖男蹲下身子在给她系鞋带。

郭婷婷望着他的短发，不由得轻轻抚摸：其实我还是喜欢你的耿直性格的，算啦，咱们回家吧。

婷婷妈冲何姨挤挤眼：现在的孩子呀，没责任感，想起一出是一出，婷婷爱冲动的性格就需要这样的细心男人扶持。

那你为啥还鼓动他们离婚呀？

以现在孩子们的叛逆性格，就得正话反说。

何姨会意，竖起大拇指，不愧是老民政局的办事员！

望着又和好的小两口，婷婷妈皱皱眉，但还是长舒了一口气。

第七辑

众生百相

◀ 大柳树下
·····················

太阳被西边的黑云接了去，天空顿时灰暗下来。时值下班高峰，我骑着摩托车在马路上穿行。

忽然，*丝丝缕缕的雨丝飘下，果然是乌云接落日，大雨不在今日在明日啊！*

在城市里打工，已经一个月没有回家，妻子和儿子还好吗？父母还好吗？

忽然，十字路口闯出一个横穿马路的人，我急忙刹车，刹得急，车闸抱死，把我从摩托上甩了下来，所幸没有受伤。

我起身搜寻那个惹事的人。那人四五十岁的年纪，瘦瘦的，脖子上挂着一个脏兮兮的黄书包。他右手呈赵本山标准的拈花状，左腋下夹着一根拐杖，颤颤巍巍走到我跟前。还没来得及质问他，忽然，红灯亮了，那人拈花状的手伸直，夹着拐棍飞快跑到了车队前面，然后又做出拈花状，颤巍巍挨个敲着车主们的车窗。车主们一脸无奈，纷纷拿出一元、五元的零碎钱打发他了事。

我本想上前质问他，但看看他装出来的可怜相，他既然没有了尊严，我也就不与他计较了。

绿灯亮了，我赶紧发动摩托车冲出去，眼看快黑天了，雨丝也许一会儿就会变成滂沱大雨，得抓紧赶路。

刚骑过十字路，车后轱辘猛地一颠，随后就颠簸起来。坏了，后轱辘出气了！我赶紧把车停靠在路边，撒目哪里有补摩托车内胎的。

茫茫细雨中，看见不远处有个卖电动车的，就推车走了过去。一个女孩子走来，说她们不修车，只卖车。我问她哪里有修车的，她一指十字路对面的大柳树，喏！那儿！

我又赶紧推着车，返回十字路口。淋淋漓漓的雨冲得眼睛睁不开。

我扒拉开大柳树低垂的枝叶，发现里面别有洞天！大柳树的枝叶做了屏障，雨丝顺着柳枝流到了外面，里面没有雨，安静如乡下小院儿，一位矮小的驼背老人在咕咕喂鸡，一群土鸡围着老人旋转，时不时咯咯叫上两声。

我真不忍心打扰如此安静的画面，可想着尽快回家，还是喊了声，老伯，能给我修修车吗？出气了。

老人回过头来说，好。

老人拿出扳子钳子一通鼓捣，可他实在太矮小无力了，无论怎么使劲，摩托大皮还是扒不下来。我赶紧用力帮他扒下。

他伸出枯干的小手掏出内胎，用手按式老式气筒充气，再用水试验，果然找到了出气的地方。他又伸进大皮内摸摸，检查里面有没有硬物。然后笃定地说，内胎已经磨坏了，换个新的吧。

我急着回家，赶忙答应。

趁着老人换内胎的空儿，我四下打量了一下，一张圆桌在柳树下安着，上面放着扑克牌。鸡已经进了笼，老人正奋力扳起内胎向大皮里放。

柳枝外，朦胧的雨丝里，那位莲花状手指的男人正横穿过马路向这边走来。

矮小老人喊他，赶紧给我搭把手，天不早了，客人急着走！

莲花手男人不屑地哼一声，你守着财神路偏要出大力，我才不帮呢！

莲花手男人摸起茶壶嘴对嘴咕咚一阵猛灌，然后抹一把嘴，又冲进雨丝里，红灯亮了，他又在挨个敲车窗。

矮小老人叹一口气，继续干活。

天渐渐黑了，看看老人安装费劲，我赶忙帮一把才安装完毕。问多少钱，老人说二十。交完钱，我又骑着摩托车冲进雨丝里。

以后每次经过十字路，我还是会看见那位莲花手指的男子急匆匆穿过马路，很危险地走到另一边去讨钱。我还会透过柳丝看到那位弱小的老人或喂鸡，或约一帮老友打牌，或在修理车子。

就在前几天，摩托车闸不好使了，我回家顺便也去老人那里换个刹车片。老人还是那么弱小，他不管你急不急，还是那样费尽全力在修车。

我习惯性地向十字路上看去，却不见了那个莲花状手指的男人。我急问老人，老人哀叹一声，我弟弟前几天出车祸，死了！

（本文发一内刊）

◀ 挤　钱

　　农村的日子大多是这样，女人在家种庄稼带孩子，男人出去打工。要说谁能存住钱了，街坊邻里会说，男人是搂钱的耙子，女人是存钱的匣子。他们不说男人能挣多少钱回来，他们会说哪家的媳妇会不会过日子。

　　我们村有个胖姐，仗着孩子小还不怎么用钱，老公每年挣回四五万块钱都被她挥霍一空。地让公公种着，吃让婆婆管着，就连俩孩子上学都让公婆接送。胖姐美其名曰：男人负责赚钱养家，我只负责貌美如花。

　　胖姐在搓脸的、去死皮的、洗脸的化妆品的滋润下，脸盘子细嫩可爱，眉眼也很漂亮，堪称村里一朵花，又加上能说会道，哄得公婆团团转，谁见了都夸这家人有福气，摊了这么一个善解人意又漂亮的儿媳妇。听见别人夸，老公和公公婆婆就平添了无限豪气，就任由媳妇作去。

　　胖姐钱搂在腰里，吃喝就不疼牙，狠吃楞喝的，什么天上飞的斑鸠，地上跑的蚂蚱，水里游的各色鱼儿，最重要的是，餐餐不离肉。时间一长，她就长了一身赘肉。

现在的胖姐，无论走到哪里，都会听到她不会过日子的议论，就连娘家妈也说，妮啊，咱乡下人存下那俩钱，都是口里省牙里攒的，你就节省着吃吧，多吃素对身体也有好处。

胖姐这次听了妈的话，坚决要控制好自己的嘴。可是一看到好吃的她就又控制不住了。用她儿子的话说，民以食为天，吃不饱哪有力气减肥。所以，她总想着下顿再说。

她的体重日复一日在增长，没办法，只好寻求药物减肥。买药物需要钱倒还好说，就是食量一直控制不住，每天都为一口饭较劲儿，她的体重也就反反复复升升降降。

直到有一天，她蓦然发现，儿子高她一头了，而周围的姐妹们也都给儿子们盖起了三层小洋房，她这才慌了手脚。瞅瞅自己手里的银行卡和存折倒是不少，可里面的存款寥寥可数。

胖姐就去附近木材加工厂里补木皮赚些零花钱。胖姐从没出过力，看着白嫩嫩的小手被粗糙的木皮划得手无完肤就泪花闪烁。可附近也没有好的打工去处，看看姐妹们都在欢快地干活，她也就咬咬牙忍受下来。

姐妹们每月能挣三千，她第一个月才挣了六百。

看着自己辛苦一个月挣的那几百块钱，她真有些舍不得花。可抹脸的化妆品没有了，最便宜的也得一百多吧？她妈说，我们那时候搓雪花膏才几毛钱，你用用试试。胖姐果真花十块钱买了瓶雪花膏抹脸，抹脸后，皮肤清清爽爽的，嘿！效果还不错！

最重要的是，她一干起活来，也没时间打扮了。

时间就是金钱这话一点不假。胖姐去得早，就比别人多补几张皮子，计件的活儿，多劳多得。经过自己辛勤的劳动，自己手里的钱越来越多，她干活居然干上了瘾，就连午饭也在厂子里吃，饥一顿饱一顿的，几个月下来，胖姐居然成了瘦姐。

渐渐地，老公挣的钱能全部存起来了，自己的工钱也有盈余。三年时间，胖姐也盖起了楼房，在别人艳羡的目光中，她穿着自己以前想穿都穿不上的连衣裙，站在楼房洁净的地板上，是这样给别人介绍攒钱经验的：我以为只有时间能挤出来，没想到，时间就是金钱，等量代换后发现，原来钱也是能挤出来的！

街坊四邻都夸胖姐能干，娘家妈听了撇撇嘴说：八十嬷嬷没让狼追着！孩子大了该用钱了，父母就是海绵，不会攒钱也得挤，而且越挤钱越多！

听着娘家妈的话，胖姐红了脸。

◀ 明　姑

"七月七，天上牛郎会织女，你家姐姐会穿针，我家姐姐会裁衣，唯有明姑没得比，呜哇哭着干着急！"

我跟在孩子们屁股后面唱童谣。姑姑听见了，扯着我的耳朵去告诉我父母。因为，她就是明姑。

我们这里，对看不见的人尊称为"明眼人"。我的姑姑天生看不见，大家就叫她"明姑"。

"女孩子长得不漂亮不可怕，只要有一双巧手，让男人在外人面前穿着体面，一样能找个好婆家。"奶奶经常这样说，明姑也是这样做的，她很想证明自己就是那个心灵手巧的人。

在乞巧节这天晚上，明姑参加了供奉织女、纺线比赛、穿针比赛等乞巧节的节目。我却不参加，赖在葡萄架下偷听牛郎织女说悄悄话。

明姑摸索着走来，挨着我坐下："你这小懒猫，听见牛郎织女说啥了？"

“听见了呀，织女说，乞巧，乞巧，不如作文写得好！”

明姑也侧着耳朵听，"我也听见织女说话了，她说，七夕，七夕，练出巧手人人称奇！"她拉起我，走进姐妹们在朦胧月光下摆的供桌前，叔伯姐妹们在明姑的指挥下，先祭拜织女，再做起了穿针游戏。

我们用一根丝线穿七枚银针，看谁穿得快。我的心思不在穿针上，我倒要看看明姑是怎么顺利穿针引线的。

明姑一声："开始！"大家就在朦胧的月光下，或眯着眼睛或把眼睛瞪得溜圆努力穿针，穿不上，就把丝线一头用舌头舔，待线头湿润后，用小手捻细，再穿。可月光太淡了，线头一碰到针鼻，又弯曲散开，她们就再去沾唾沫，再捻。

明姑右手捏针，左手捻起一根线，线在针鼻上一抿，只一瞬间就穿上了一枚银针，再摸起一根银针，如法炮制，又一瞬间，穿上了第二枚银针。我目不转睛盯着她做完这一切，居然没看出她是怎么穿的！姐妹们不服，再来！再来又输。大家纷纷要求明姑教她们学习穿针技术，明姑笑得灿烂，她说："学巧是学不来的，我是天生一双巧手。"

大家就掰着她的手看，果然，她的手指细长，手掌绵软细腻，握在我们手里，柔若无骨。

我们上一年级时，明姑学会了做饭；我们上三年级时，她学会了绣荷包。

她在每年的乞巧节夜晚，都会做一个荷包，绣上蝴蝶鸳鸯，再用丝线穿了，悠悠荡荡拎着，我们这些假小子就想要，明姑逗我们叫她几声亲姑姑，我们就使劲大声叫："亲姑姑，亲姑姑，给我荷包！"明姑咯咯笑着把荷包扔远，我们一呼隆去抢，明姑侧着耳朵听，微笑着去打水了。

我们上初中时，明姑学会了裁剪衣服，她缝出的针脚比大队书记家的缝纫机缝出的针脚还要细密。

在一个闷热的午后，奶奶家来了一个女人，我们就都爬上奶奶的矮墙头去听。奶奶轰我们，我们就蹲在墙外偷听。

"老嫂子，你家明姑这个样子，男人大几岁的怕啥呀，会疼人就中！"

"俺家明姑看不见，可她心灵手巧，俺拿她当宝呢，那家人不会让她去干地里的活吧？"

"不会，她只要会家里的活就成！"

在我考上高中那年，二十岁的明姑出嫁了。明姑穿上了红袄红裤，美若天仙。在两位伴娘的搀扶下，走进大红轿子，轿子一颤一颤地走远。昔日那个疼我爱我的明姑走了，我跟着轿子悄悄走出去好远好远，直至轿子拐过山垭，再也看不见。

我一直在上学，从没见过我那位准姑父。心里一直以为，明姑手巧，姑父也一定比乡下汉子超群。结婚第二天回门，我见到的是一个麻脸儿佝偻身板儿的小男人！

我的明姑不嫌他，事实上，她也看不见姑父的龌龊像，她一连为他生了两个女孩儿。她曾自豪地对我说："丫头，找男人就要找你姑父这样的，会疼人。"

明姑吩咐我，也让我多做女红，说手巧可以嫁一个好丈夫。

对于即将大学毕业的我来说，她说的这些无异于天方夜谭。现在的超市里，只要你能想到的商品，都能买到，即使买不到，还有淘宝。

嫁人后，柴米油盐中，我和老公不免生出很多嫌隙。

在一个七夕里，我专程去看望我的明姑，向她倾诉生活的不易。

明姑听后笑了："是呀，就连七夕乞巧女孩子们都懒得做了，更何况去用心经营一个家呢！"

"那咋办？"

"女孩子乞巧，学习女红，才能磨炼出好的脾性来。有了好脾性，才能公公喜婆婆爱，相公拿着当客待。"

"姑姑你这是什么逻辑呀，我才不信呢！"

尽管不信姑姑的婚姻逻辑，但我还是耐着性子去洗衣、做饭、拖地板。老公看着我干，竟然鬼使神差地也跟着干起来。以往是抓阄决定谁干的家务活，现在抢着干。自然，我们的婚姻也走向了正轨。

姑姑看不见，我就很担心她的生活来源，有一次回乡，听见有人叫卖乞巧节礼物，荷包、香囊挂满一三轮车架，很多年轻人在买。我也想买一个，走近了却看见，摊主是姑父，她旁边坐着明姑，正一脸幸福地在现场绣荷包。

◀ 傻女人

　　六十岁的二棍买来个五十多岁的傻女人，模样还算周正。你不注意她的时候，她不言不语，你关注她时，她嘴里便会不停地说话，也不知说的啥。总之，大家都叫她傻女人。

　　听人家议论，说傻女人啥活也不会干，就是吃的心眼儿，都五十多岁了，二棍花三千买来也不知图的啥。

　　二棍打光棍也有些年头了，他的第一任妻子看不惯他懒散的德行，跟人跑了，没给他撇下一儿半女，二棍就彻底成了自由人。别人打工挣大钱，他只等各个集市散了，上集市上拾破烂维持生计。

　　傻女人来的第一天就是我们这里大集，他领着他的新媳妇，见了谁都给散烟，然后再指指傻女人："这是我媳妇！"言语间充满自豪。往往这时候，傻女人就嘟囔开了，初听是自言自语，再听却像和人打架，慷慨激昂。

　　二棍一听到这里，也不管和别人说没说完话，牵了她的手就走。

穿越历史的微笑

136

那时候还没散集，他就指着别人扔的纸箱子，让傻女人去拾。傻女人望望他再望望纸箱子，不明所以，倒是嘴里的诅咒声更厉害了。

二棍有一辆汽油三轮，上面缠着各色布条，这些布条都是他从集市上捡来的，他说这样装饰了，就是小偷也不敢偷，有特点。我曾问他，小偷不会都把布条给解开吗？他哈哈大笑，那么多布条，够他解半年的！

他不管天寒地冻，每天拉着傻女人去各个集市上转，待回来时，各种垃圾像小山一般堆在不大的车斗里，傻女人就扒着车前栏拽着布条躺在上面压着。我们看得心惊，就劝二棍，让傻女人坐在车厢里。二棍一瞪眼："你们懂啥？一个人一个命，一个和尚一个磬！她跟了我，就得是这样的命！"

于是，就有人在打听这个女人的身世，如果打听到了，就通知她的家人来领。

二棍是从别村一个光棍手里买的傻女人，她光吃不干活就卖给了二棍。再打听，原来是三十里外另一个人在路上捡的，再打听就没有结果了。

女人自从跟了二棍，黑了，瘦了。二棍没给她买过一件衣服，都是穿别人施舍的旧衣服。夏天里，女人见着水就脱光了洗澡，大家都去看稀罕。她也不怕人，兀自在水旁洗澡。

二棍老远飞奔跑来，骂散了看热闹的人，一棍子砸在傻女人雪白的屁股上，顿时起了红印子。

傻女人嗷嗷嗥叫，二棍的棍子雨点般打过去，傻女人只好手抱头蹲在水里。自从那次被二棍胖揍，傻女人再也不敢当着别人的面洗澡了。

有一次我去赶晚集，正好碰到了他们。集市上的摊子还没散尽，傻女人看着二棍，二棍拿眼一瞟，我也顺着他的眼神看去，是人家扔的几个烂瓜。傻女人几步就窜到烂瓜前，拾起，拿到二棍前给他，邀功般傻笑着。

二棍一使眼色，傻女人又飞奔出去，一个鞋盒子到手。

待我买完东西回来时，二棍的车上已经满满当当。我问他，拾烂瓜烂桃啥用啊？他说削去烂的，给傻女人吃。

傻女人的脸色又由黑转白了，似乎嘟囔病也减轻了。他们每天在垃圾间进出，倒也快乐。

秋末的一天，傻女人在家里嗷嗷叫，没听见二棍呵斥的声音。有人就奇怪，跟着她去她家里看。

二棍正躺在床上打滚，邻居赶紧通知他的近亲，把他送往医院。

二棍得了食道癌，晚期。

有近亲在医院里照顾着二棍，傻女人每天都去最近的集市上拾垃圾，她用蛇皮袋子装了，再用绳子捆住，用双肩背着，手自由摆动，傻笑着，大踏步在路上走。

二棍出院了，虚弱得只有靠在墙根喘气的份儿。傻女人每天都会给他带来垃圾。看着她能从垃圾中准确找到吃的，还能认识哪样能卖钱，二棍笑了。

二棍每天倚在大门框上，盼着傻媳妇拾垃圾回来。

他死时，眼睛睁得大大的合不上眼，直到傻女人迈着有力的脚步，背着蛇皮袋，面带微笑回来，他才将双眼合上。

◀ 精婆婆，傻婆婆

精婆婆和傻婆婆是邻居。精婆婆年轻时就是人精，鸡蛋里能算出骨头来。

傻婆婆年轻时就傻，什么东西都舍得给人家。

等两家儿子大了，精婆婆怕多花钱，就把老屋翻盖成了二层小洋楼，儿子住上层，她住下层。傻婆婆另外划了宅基地给儿子盖了新房。如今，她们都娶了儿媳妇，有了孙子。

精婆婆的儿媳刚过门时，给婆婆买了双皮鞋，半高跟，精致样式。精婆婆拿在手里，掂量掂量，脸上一阵喜一阵忧："这得多少钱呢？"

儿媳说不贵，才二百。精婆婆说："还不贵呢？买老北京布鞋都能买十几双了。"

婆婆的态度，弄得儿媳很不自在。心里腹诽，不就一双皮鞋吗？又没花你的钱。

精婆婆儿媳是约着傻婆婆儿媳去买的鞋子，傻婆婆接到儿媳的鞋子时，脸上乐开了花。"还是我儿媳好，一结婚就想着妈。妈要送你什么好呢？送你一件羽绒服吧。"于是，儿媳骑着电动车带着傻婆婆，去镇上买了羽绒服。

精婆婆的儿媳本来想向傻婆婆儿媳诉苦的，但看到傻婆婆儿媳穿的大红色羽绒服后，心里比吃了苦瓜还难受。难受归难受，看到婆婆没有手机，下班回来找不到婆婆，就给婆婆买了个老年手机。她买手机的时候，也是约着傻婆婆儿媳去的，傻婆婆儿媳却给婆婆买了个智能手机。

精婆婆儿媳说："她们都老了，不会用智能的。"

傻婆婆儿媳说："她们都识字呢，一教就会。"

精婆婆看到手机后，问问价格不贵，就高兴地接受了。谁知几天后，精婆婆儿媳听到风言风语，婆婆背后说她舍不得花钱买智能手机，看看人家傻婆婆用智能手机视频聊天抢红包的，乐呵着呢。

精婆婆的儿媳无所适从了，想着：给你买吧，你又怕花钱，给你买便宜的吧，你又嫌失了身份。唉！这样的婆婆真难伺候。我都给你买两样东西了，你却一样都不给我买。精婆婆儿媳发誓再也不给婆婆买东西了。

精婆婆儿媳白天打完工后，晚上抱着孩子去找傻婆婆儿媳玩，却发现她家大门上了锁。微信一问才知道，她去婆婆家吃饺子了。她又追到邻墙的傻婆婆家，看见她们正在热火朝天地吃饺子。她就闲坐到她们吃完。吃完后她们又邀她去广场上玩儿。

村里广场上锣鼓队正铿锵有力地敲着，俩孩子加入跳大秧歌的阵营。傻婆婆和儿媳也加入进去边看孩子边扭着，婆媳欢悦的表情把精婆婆儿媳的眼看酸。想到自己婆婆天天狼脸狗脸地给她看，她就觉得嫁错人家了。

傻婆婆娘俩邀她扭秧歌，她不好意思参加，有心想回家的，但看看玩疯的孩子，一直玩到很晚才回家。

回家后，精婆婆还没睡觉，脸上挂着寒霜，"你明天还挣钱吗？"儿媳说挣。

"挣咋还回来这么晚？"儿媳说领着孩子出去玩了。

"村里有什么可玩的啊？等挣到了钱上外面玩多好。"

儿媳说："我想上哪里玩就上哪里玩，你管得着吗？"

"我哪里管不着了？我不都是考虑你们能多攒俩钱吗？"

儿媳说："一家不容二主，我不用你看孩子了，你搬出去住吧。"

"我盖的屋为啥我要搬出去？"精婆婆脸拉得更长。

"你盖的屋咋了？不娶儿媳妇你能盖屋吗？你盖屋不就是娶儿媳的吗？"

俗话说，醋不是一天作酸的，酒不是一天酿成的。精婆婆和儿媳之间的战争终于爆发了。精婆婆赌气跑了出去，坐在院门外的地上哭。

傻婆婆听到了，出来劝架。她拉起精婆婆说："当初我让你另划宅基地给儿子建房，你图省五千块钱就是不听。远了香，近了殃。现在你可咋办？"

精婆婆说："我以为和儿子一家住在一起人口也不多，我还能随时给看孩子。"

傻婆婆说："我最近在短视频里看到一句这样的话，说和儿媳要保持一碗汤的距离，把这碗汤送到时不凉不热正好喝。近了，就烫嘴了。"

精婆婆思索着这句话，咂摸出味儿来，这不就是保持距离产生美吗？根据傻婆婆的作为，可以理解为：有舍才有得。有时候人就得傻一点儿才有福。

精婆婆摸出手机给远在外地打工的老伴打电话："你快回来吧，我想好了，不能和儿子一块住了，咱们也出去盖老年房去。"

第八辑

现世杂谈

◀ 不是冤家不聚头

女儿电话里说自己得了怪病，医院里也查不出个所以然来。张山忙让宝贝女儿回家治疗。

自从女儿和斜对门那小子谈对象，张山气就不打一处来，一哭二闹三上吊的法子都用了，才逼得女儿和那小子撤了钩。女儿就负气去南方打工了。

女儿刚进家门气还没喘匀，张山就拉着女儿去医院检查。脑电图、心电图都做了，什么毛病也没检查出来。可女儿一陷入沉思就会抱着头，皱着眉。张山无奈，只好找镇上的神算小瞎子。小瞎子翻着白眼说，要想救你家闺女，需用七根红头发和我的符，用烟囱火烧成灰，喝了就好。

上哪里去弄七根红头发呢？蓦地，斜对门那小子的爹——李适光亮的脑门心闪过，那上面就飘着七根红头发呀！可打死张山也不会去求他的。

那些年农村穷，张山和李适为了生计，挑着挑子沿村贩卖青菜萝卜干果豆角什么的，农闲时还卖些盘子碗等。

俗话说，同行是冤家。那一日，张山正在喊，水萝卜！他喊卜的家乡音很重，喊成了呗。

水萝呗！

糠唻！

谁这么缺德，我喊萝卜他喊糠！萝卜糠了还能吃吗？张山回头一看，是李适跟在自己后头卖糠，他的小眼睛和那七根红头发在脑门心闪闪发亮。

张山真想上去把他那刺眼的红头发扯下！

傍晚，张山的两半筐萝卜没卖出去，李适的糠最后也贱卖给了养猪专业户。

第二天，李适到了一个村大声喊，盘子——碗唻！

摔了呗！

盘子——碗唻！

摔了呗！

谁家熊孩子这么缺德？李适回头一看，原来是张山在吆喝水萝卜，远远听见就是摔了呗。

时间久了，张山和李适成了名副其实的同行冤家。

随着时代的发展，张山和李适分别在镇上开了杂货店，居然开成了斜对门儿。他们卖的日常用品大多重样，张山经常看见有人进自己的店时，李适就探头探脑地张望。

更有一次，一位乡邻想进张山店里买东西，李适站在门口冲那人使眼色，还张着嘴表演哑语。张山分辨后发现他说的是：我店里东西便宜。张山蹿出来就骂，你店里便宜？难道你把老婆倒贴给人家了？！

李适一听，也窜出来和张山对骂。从此，他们结怨更深了。

当张山转了一圈又一圈后才发现，黑、白头发一抓一大把，红头发比熊猫还稀罕。就算有人长着一两根的，他们说，那是发财的象征，可舍不得卖。

忽然，李适光亮的脑门探进来，给。手里躺着七根油亮的红头发。

要……多少钱？张山的话像冰。

不就七根头发吗？救孩子要紧！

张山抖索着递过一沓钱。

不要钱。

我可不想欠你人情。

乡里乡亲的，谈钱生分了。

红头发果然奏效，女儿的病很快痊愈了。张山庆幸李适及时伸出援手。再见到李适时，脸色也缓和了许多。渐渐地，他们能搭上话儿了。女儿又活蹦乱跳地去南方打工了。

张山觉得不能欠李适人情，在店里缺货的时候，就打发顾客去李适店里买。可更多时候，是李适把客户打发给了张山。

年底，女儿打电话说要带男朋友回来让他过目。

好！张山心说，只要不是李家那小子就成。

远远看见女儿回来了，张山的眼光老往女儿背后踅摸。

他买孝敬您的东西去了。女儿嬉笑。

张山习惯性地向斜对门望去，李适家那小子拎着大包小包走来，叔，过年好！

张山直勾勾看着李适的儿子进了店，他愣在了原地。

成了亲家的张山和李适经常聚在一起喝酒。李适就问，你感觉还欠我人情不？

张山抿一口酒苦笑，女大生外向，我感觉上了你们一家子的当！

李适摸着孙子小宝的头哈哈笑，我现在可是欠你一个大人情哩！

水萝呗！

糠唻！

盘子碗！

摔了呗！

小宝听着他们的一唱一和，就问，盘子碗摔了用啥吃饭？是碎碎平安的意思吗？

沉浸在往事中的俩人听了，对望半天哈哈大笑，对，就是要岁岁平安。

◀ 哑鉴
·············

王总和周董是好朋友，两人都是商场老手，一起喝茶吹牛，一起打高尔夫放松心情，但他们还有一样爱好是截然不同的。

王总闲暇时爱好炒股，对那曲里拐弯的 K 线图情有独钟。周董爱收藏，越有年头的古董越爱得刻骨铭心。喝大酒时，王总总是对周董收藏的那些破玩意儿嗤之以鼻。久而久之，周董也不再在王总面前显摆新收的藏品了。

全球经济不景气，王总的 K 线直线下滑，导致企业濒临破产，需要卖掉市中心的经贸大酒店来缓解资金缺口。

王总求着周董参加竞标。

周董说，大家日子都难过，我也没那么多钱去搞竞拍呀。

王总大咧咧地说，你去占个人场，来个假竞标，但你千万不要被套住了哈，那样的话，拍卖公司会认为合法有效，想退出是违约的。

周董说明白，总不会让朋友吃亏的。

经贸大酒店是王总最先置办的产业，位于市中心商业繁华区，奢华大气上档次，周董之前来过。这次拍卖会就设在酒店二楼会议厅举行。

一楼大堂里挂着很多字画，但大多数是时下画家之作，算不得古董。

无意间，角落里一幅寿桃图引起周董的注意。看这幅画画风稳健，手法老到。抬腕看表，离竞拍还有二十分钟，周董索性搬把椅子站上去欣赏起画来。看落款，竟然是近现代画家潘天寿的金鸡寿桃图！

周董忙打电话给王总。王总说，我正忙得焦头烂额呢，等会儿再招待你，你记住千万别忘了你的使命哈，完事了我请你吃饭。周董说我不是那个意思，我是看到你大堂里有幅画……

王总说，都什么时候了还画，是好朋友的就给我撑个场面，到时候我送你十幅画！王总啪地挂了电话，周董拿着手机在大堂里凌乱。

拍卖会上，周董真的没让王总失望，从标的一千万起拍，每当价格将要停滞时，周董总会喊出更高价。王总投去满意的目光，这个朋友没白交！

竞价一直飙升，王总眼角乐开了花。当价格飙到一个亿的时候，王总就拿眼睛示意周董退出，周董假装看不见。最后一位竞买者退出后，周董以一亿两千万的价格拿下经贸大酒店！

王总傻眼了，这个老古董，你要是不要了，我不是还得再竞标一次吗？雇佣拍卖行，那可是要花很多佣金的！

王总担心的事没有发生，周董笑吟吟地签了合同。

人员散尽，王总这才有机会问周董，你买了可不许后悔哈。

周董微笑着说，也许我能赚到你认知以外的钱，你可别眼红哈！

王总说，商场如战场，你放心，经贸大酒店从此以后就是你的了。

王总有了这些资金，生意很快盘活，王总就想约着周董一起喝茶。周董说，我在国外拍卖行正拍卖古董呢，回去再喝茶。

王总忽然对古董来了兴趣，有拍卖视频吗？我也想看看。周董就给王总发了个拍卖的直播链接过去。

一个破瓷瓶都拍几百万，他们是疯了吗？对于古董，王总始终是不能理解的，他看得昏昏欲睡。忽然，一幅画闯入将要合上的眼帘，这幅画好比一滴清凉油滴进王总眼里，逼得他瞬时睁大。

那不就是经贸大酒店大堂里的那副寿桃吗？当初经贸大酒店开业，是谁送的忘记了，只记得当时很多人看到画后议论纷纷，酒店开业又不是祝寿，还要什么寿桃。王总当时也是不屑的，但为了那人的面子，还是把寿桃挂在大堂偏旁角落里，且二十年都没挪动过位置。

王总向来对周董的爱好嗤之以鼻，他看着这棵色彩不艳丽又土不拉几的寿桃，嘴角噙着笑意看好戏。

谁知竞价者们也疯了，一浪高过一浪，王总的笑意凝固了，靠！这幅画居然以一亿零一千八百万的价格成交！也就是说，算上给拍卖公司的 5% 的佣金，这幅画的成交价格比经贸大酒店还贵！反过来说，周董不花一分钱白得一个大酒店！

周董回来后找王总喝茶，王总总是以各种理由推脱。后来，流言四起，说周董不帮朋友渡难关还白骗一座大酒店。

周董百思不得其解，我赚认知以内的钱，我错了吗？

◀ 赌　播

　　泡上一杯好茶，馥郁芬芳的兰花香气里，太平哥又开启了一天的带货直播。

　　直播卖茶是镇里的助农兴农项目，只要卖得好，镇里会给主播适当奖励。

　　可是太平哥已经直播一整年了，不但没挣到钱，还为买流量花了不少钱。相恋三年的女友小雯说，你要才艺没才艺要长相没长相，再不出去打工，结了婚等着喝西北风啊？

　　主抓电商项目的王副镇长一直在群里鼓励大家坚持下去，只要把家乡主打产品卖出去，咱们就老婆孩子热炕头，再也不用出去奔波了。

　　看那些大主播挣得盆满钵满，自己还没看到盈利，太平哥也不想放弃直播。

　　女友却下了最后通牒，等解封后再不出去赚钱，那就一拍两散！

坚持了这么久，要想放弃谈何容易！想着心事，太平哥的直播状态就蔫蔫的。

忽然有位观众说，你这样直播不行呀，没有吸引力。

见着有人互动，太平哥来了精神，那要怎样才能提升吸引力呢？

一、要有吸引人的场景；二、要有才艺；三、宣传茶文化。你就这么干巴巴地播，能卖出去才怪！

太平哥心里颇不平气，反将那人，你这么懂，你一定播得很好。

我播得好不好不敢说，但我会看！

太平哥顺着那人头像去看她信息，是一个粉丝不多的新账号，名字叫甜心姐，头像是一位美女，大大的眼睛白白的皮肤，一看就是开了 180 级美颜的。

太平哥嗤笑一声，有本事你开播！话谁都会说，做又是另一回事！

播就播，谁怕谁！你先关注我。

不就是想涨粉吗？太平哥看透她的心思，就关注了她。

第二天还没起床，就听见手机叮的一声，太平哥一看，甜心姐真的开播了！

新人直播，直播间里肯定还是个位数。太平哥嘴角噙着笑意，打开了甜心姐的直播间。

甜心姐围着花头巾，上身穿斜襟盘扣红花褂，下身着蓝绸裤子，肩上背着背篓，一脸甜美地在青翠的茶丛里一边唱歌一边采茶叶。

首场直播，尽管她很卖力，直播间里的人却很少，甜心姐的脸上渐渐现出愁苦。太平哥笑了，幸灾乐祸地在下面打字：姐，直播得咋样？

甜心姐羞红了脸，你容我俩月，我一定会突破百人在线！

我可不陪你玩，疫情结束我就要出去打工了。

甜心姐喊，你别走！咱们打赌一下，用我说的场景、才艺、茶文化去直播，再播不起来，我陪你出去打工！

太平哥笑了，我可不用你陪着打工，我媳妇会吃醋的。但我想用你说的方法再播最后一场，不为播出成绩，只为给坚持了一年的直播画上个并不圆满的句号。

甜心姐几不可见地闪过一丝狡黠，很快下播。

第二天起个大早，太平哥驱车来到茶园。鸟儿虫儿在青色葱茏的茶园里啼叫，一阵阵清香穿过薄薄雾霭吸入鼻腔，沁人心脾。

太平哥支起直播架，调好角度，挂上小黄车，开启了最后一场直播。

青翠浓绿中，一位红衣女孩款款走进镜头，她一边唱着不知名的山歌，一边采茶叶。软软的调调穿透晨色雾霭，幻境一般美丽。

太平哥看得呆了。也许是荷尔蒙的驱使，也许是茶香提起了精神，他音色饱满地去介绍茶叶，又激情百倍地去解说本地的风土人情，他感觉他从没用这么好的状态直播过。

不知从什么时候起，直播间的人越聚越多，有问他产品质量和价格的，有问他怎么能去那边旅游的，还有人问他那个女孩是你媳妇吗？

太平哥仔细打量女孩，从身材上看，确实像他女友，可他知道不是。女友的眼睛细长，从没穿过那么鲜艳的衣服，更没有软绵绵的嗓音。

看着直播间的人数在一点点增长，茶叶的单量在一单单增加，太平哥激动莫名，这难道就是场景直播带来的效果？

甜心姐唱完歌瞟向太平哥，紧接着又手舞足蹈地跳舞。

太平哥好想关了直播间去看她。可他的直播间正在起飞，这可是他盼了一整年的千人在线啊，不能毁在好奇中。

甜心姐跳完舞，冲太平哥挥了挥手！

太平哥直播间里的人沸腾了，傻小子，和美女连线 PK 呀！

对，连线不就能看到她的直播间了吗？

太平哥看到甜心姐的直播间时笑了，他的镜头里是甜心姐的远景，甜心姐的直播间里居然是他的远景。难道甜心姐连蹦带唱地没对着自己直播？

太平哥说，咱们 pk 什么呢？

咱们就比茶叶知识吧！

他们从茶 pk 到茶马古道，又 pk 到制茶过程……

直播间里的人时不时帮他们回答、点赞、刷礼物。有互动就有停留，热闹异常。

甜心姐的直播间也突破了百人在线，直播圆满结束。

太平哥激动地走向甜心姐。

甜心姐幽幽说道，我本来想让你直播失败的，没承想……

太平哥听到熟悉声音仔细打量，还真是女友小雯！这美妆和变声技术也太夸张了吧？

你不让我播，你咋直播了？

小雯尴尬笑笑，我是想让你用尽各种方法播不起来，死了直播的心，然后安心去打工的，结果……

那你还陪我去打工吗？

不正在陪你打工吗？

太平哥拥紧小雯，好，那咱们就卖家乡茶，一起为家乡振兴打工！

◀ 十二岁之殇

这是一群被父母遗忘的孩子——精神遗忘。

凡凡是留守儿童，和爷爷相依为命。但爷爷的脾气太臭了，动辄骂，再则打。凡凡想跟父母去城里上学，可父母都以城里消费高负担重为由拒绝他。

亏得同村还有几个年龄相仿的留守小伙伴，石头、胖墩和三猴伴他一起成长。大人们遗忘了精神教育，却舍得用物质来补。星期天，他们揣着不菲的零花钱去镇上网吧玩儿。

他们打完吃鸡又打三国，还打穿越火线和王者，最后打了一个死亡升级游戏。这个游戏有个著名环节，需要死而复生才能得到升级。

正打到激烈处，凡凡爷爷冲进来大吼，小兔崽子不赚钱还花钱，作死呢？

老板说，您不能这么说，打游戏也是能锻炼大脑的。

锻你娘个屁！小兔崽子们快走！

走就走，骂什么人啊，多伤我面子。

小屁孩还要面子！爷爷上前拧着凡凡耳朵就往外拽，凡凡也生气了，用肩膀扛了爷爷一趔趄。

哟嗬！还敢跟老子动手？反了天了！爷爷一边打一边骂。凡凡没有爷爷力气大，被爷爷胖揍一顿。

凡凡想给妈妈诉苦，可是没有手机。自己要是有个手机该多好啊！

好不容易捱到爷爷睡着了，凡凡偷偷摸索爷爷枕头边找手机没找到，却摸到一把钱，凡凡狂喜，这是爷爷卖中药材的钱。

爷爷忽然睁眼，看到凡凡手里的钱，一把薅住凡凡脖领子，你小子反了！凡凡吓得脸都白了，爷爷，我在你床前捡的……

你再捡一次我看看？我看你是三天不打，上房揭瓦！爷爷摸起笤帚疙瘩劈头打来，边打边说，孩不打不成器，石不琢不成玉！

笤帚疙瘩打在身上一打一个青疙瘩，凡凡抱着爷爷的腿哭喊，爷爷，我再也不敢了！

爷爷一阵心烦，滚睡觉去，再有下回打断你狗腿！

压抑的环境造就压抑的性格，凡凡就在游戏里找平衡，谁承想越陷越深，已经没有零钱再扔网吧了。

凡凡说，咱们打劫吧。胖墩说劫谁呢？凡凡恨恨地说，劫我爷爷！

好！为了游戏里的王者，一场未成年人的抢劫就这样开始了。

等爷爷睡着，凡凡放进胖墩他们。胖墩摸索爷爷口袋，没摸到钱。爷爷突然醒了，喝问，你们是谁？爷爷扭住胖墩把蒙面拽下来，胖墩？这么晚了来干嘛？

胖墩一看爷爷认出自己，就一棒子打去，爷爷的脸上顿时鲜血淋漓。

你们找死是吧？你们想吃牢饭了是吧？爷爷忍着疼，一把薅住胖墩脖领子。

石头、三猴，你们是吃闲饭的吗？今天一定要让这个老东西掏出钱来！

石头和三猴一齐挥起手中棍子打下去。凡凡吓呆了。

爷爷难敌四手倒下，一只手始终捂着小腹。爷爷喊，凡凡快跑，不要管我。凡凡心悸不已，大喊，别打了！再打出人命了！

胖墩说，这老东西整天管天管地，死了正好升级成新爷爷，杀了他！胖墩目露凶光。

不行！那是我爷爷！

游戏里的规则你忘了吗？他会死而复生的。

胖墩又一棍子打下去，爷爷的头一歪翻了白眼。胖墩摸摸爷爷没了鼻息说，抓紧翻翻，你爷爷的钱藏哪儿了？

凡凡抱住爷爷哭了，胖墩他们一阵乱翻没翻到钱，骂骂咧咧回家睡大觉去了，完全没把这次行凶当回事。

爷爷缓过一口气，挪开捂着小腹的手，气若游丝说，我把钱缝在裤衩里了，是留给你上大学用的。

凡凡翻看爷爷裤衩，有个拉锁口袋，里面放着现金和银行卡。凡凡都掏出来，爷爷您等着，我去镇上给您请医生。爷爷说，人活多大都得死，别浪费那钱了，你别记恨爷爷啊。

爷爷您别死，您死了我们会坐牢的！凡凡这才后怕。

爷爷说，你们还小，不会坐牢的，你就说，我是采草药从悬崖上摔下来的。但凡凡还是拨打了120。

爷爷住院，父母回来照顾，这才发现爷爷惨遭毒打致重伤，于是报了案。

四个孩子未满十四周岁被免于刑事诉讼。为其辩护的律师对孩子们的父母说，十三届全国人大常委会第二十四次会议26日表决通过刑法修正案（十一），将于2021年3月1日起降低法定刑事责任年龄为12周岁。这几个孩子幸运了。

爷爷伤好后，凡凡被父母领进城里上学。但在人生中留下了最肮脏的案底，幸运吗？谁之过？

（本文获首届"尚法杯"征文优秀奖）

◀ 应　聘

　　小镇上建了一个正规橱柜厂，需要招聘普工百名、办公室文员五名，我打算去应聘办公室文员。

　　堂嫂听到我的打算，像看外星人一样看着我："就像幼儿园招聘老师，他们重视的不是学问，是年纪。你一个农村妇女出了一辈子大力，办公室的工作能适合你吗？对了，你今年多大了？"

　　"虚岁四十八。"

　　"看看，都奔五的人了，人家需要的是年富力强的三十五岁之内的。就算当普通工人，都嫌年纪大了。"

　　我把想应聘办公室职务的事说给老公听，老公更是嗤之以鼻："不就是会玩电脑吗？会玩电脑的人多了去了。鸡飞不出鸡窝，出大力的上不了办公室！"

　　切！少长人家志气灭自己威风！不试怎么知道？我暗下决心非要试一把不可。

　　正月初七早上，家里家外拾掇利索后，七点半准时出门。骑着电动车走在乡间公路上，早春的风有些寒，太阳光却和煦地照着，是个好天气！

在厂子大门口遇见两位妇女在看招聘的牌子。一个和我差不多年纪，一个不到四十岁的样子。我年前来这个厂子参观过，就是想了解一下这里的活好干不好干。当然，那时候我想应聘的是普工。

我一边给她们介绍厂子里的情况一边和她们去里面报名。报名的人全部是报普工的，人多得就像赶年集。

轮到我们了，接待我们的是一个年轻人。他说普通话，我问他是哪里人。回答说是江苏的。我说我想应聘办公室文员，他眼睛立马亮了，"你会使用办公软件吗？"

我说我会 word 文档和 excel。

他说打出库和入库单呢？我说可以学，我学东西很快的。

其时，我会 word 文档是真，至于表格嘛，昨晚刚跟女儿学了个皮毛。

"好，你回去等电话吧。"

他没有一锤定音，我有些失望。那两个妇女看我应聘办公室文员，拿不定主意怎么填，最后，她们填了应聘普工。

出了厂子，前面还有一家造纸厂正在招人。我们三人决定去看看。问了老板，老板说刚刚招够人，就是还缺一名文秘。我本来想应聘的，怕刚才的厂子再录取了，这不就像投稿一样一稿多投了吗？所以，我们就一齐出了造纸厂的大门。一出大门，年轻点的那个女人长叹一声："唉！文化太低了！看你比我们年纪都大，你是怎么学的那些电脑知识呀？"

我说："书到用时方恨少，没事的时候什么都学学呗，艺不压身。"

到了晚上，正吃着晚饭，堂嫂来串门，问我："你找活找的怎样了？"

"不知道，等电话通知呢。"

"听别村的人说，他们村有几个人年前就去那厂报名了，到现在还没接到录取通知。"

堂嫂一句话说得我忐忑不安，吃饭差点噎着。正在这时，电话忽然响起："喂！我是橱柜厂的，你明天来上班吧！"

我挂了电话。堂嫂高兴地说："你被录取了？"

"是，而且还是办公室职位，"我抑制不住高兴，"在乡下招文员，中专大专毕业的都上大城市发展了，只能招我们这样的初中生了。"

堂嫂黯然："我也是初中生啊，可没有你会打字。"

一提起打字，心情难以平静。几年前家里安装了电脑，我在电脑上迷上了写作，老公怕我网恋，有时候我正写着小说，他都会突然给我断网。可今天，我用事实证明只有五个办公室岗位，且有近百人去应聘，却没有一个人敢应聘办公室职务的，我却应聘成功。

是他们没有胆量吗？抑或没有勇气？我不知道。我只知道，我是忽然心血来潮想试试我的文笔和才华。

有时候看似没用的东西，别怕浪费，你要虔诚地收藏进心底。一旦用到了，那将是一笔隐形财富，将让你受益终生。因此，我在橱柜厂一边虚心学习一边工作，被评为年度优秀员工。

◀ 幸福藏不住

　　红刷刷的票子摆满一桌子，老于高兴地合不拢嘴。虽然大部分钱是村里的，但作为一名老支书和一个老父亲来说，他也为自己的儿子于大鹏——新任村书记而高兴。

　　于二手里拎个黑色帆布包，此时正在大门外画圈圈。

　　老于在监控里早就看到他了。老于赶紧喊正在算账的大鹏："快把钱藏起来，于二来了！"

　　还没等大鹏反应过来，于二已经推开了大门！

　　农村人是没有敲门习惯的，于二就到了堂屋门外。

　　老于起身刚摸到钱，于二已经推开了屋门。老于尴尬地停住拿钱的手："你不会敲门吗？"

　　于二看到满桌子的钱，眼睛立马亮了，吓得老于圈起胳膊护住钱："咋？你以为这钱又是贪污的？"

　　于二尴尬笑："大哥咋还没忘记当年的事啊？那是话赶话说的，谁知道正碰上严打了呢？"

大鹏起身让座："叔先坐，我先记下账，一会儿还得上村委和会计对账。"

大鹏拿起一摞钱数数说，这是给五保户二爷的钱；又拿起一摞钱数数说，这是给考上985大学的大凤的奖学金；这是电商主播的钱……

于二眼见得一摞摞的钱都有了主儿，忙从黑色帆布包里摸出一条名烟双手递上："大侄子，你叔遇到难处了，想请你帮忙。"

"礼我不收，叔您长话短说，今天年三十，我一会还要下去给村民们发福利。"

于二每年打工能挣六七万，儿子跑货拉拉每年也能挣十几万，他们的收入在农村也算佼佼者，应该不缺钱。

"你弟在外跑车我们一家人跟着提心吊胆，想让他跟着你学做电商。"

"行，弟弟聪明，一定能干好的。"

见于二期期艾艾不走，大鹏又问："叔还有事？"

"你弟着急回家过年，昨天发生车祸了……"

"啊？人没事吧？"大鹏紧张地问。

"交警调解后也得赔十万，说被撞那老人成脑震荡了。唉！这几年我给你弟定亲、买房子、结婚都挤到一块儿了。现在家里七拼八凑了七万，还缺三万。"

"没有就上亲戚家借啊。"老于插话。

"大年三十的上门借钱不吉利。"

老于怒喝："上我门借钱就吉利了？"

"大鹏为咱村建了电商直播基地卖农副产品，每天都在进钱，我想先借村集体的钱。等开春后我们挣了钱立马就还村里，哥你别担心，我从不赖账。"

"我带头直播卖农副产品今年也挣了六万呢，我的钱先借你应急，不用动村集体的。"

老于拼命朝大鹏眨眼睛，大鹏装看不见。老于只好提醒："你忘了我提包里藏肉的事了？"

于二的脸顿时垮塌下来："哥，那次我真是无心的，你嫌我交公粮的粮食有秕的，就咱这穷村又没有水浇田，粮食自然有秕的，你说我能不跟你抬杠吗？"

"到现在还不认错是吧？"

"我……那时候连面都缺，看到你车把上挂的肉直晃荡，谁不那么想呢？"于二嗫嚅，"算了，这钱我不借了。"

因为于二一句：你还贪污呢，天天往家里割肉！被收公粮蹲点的乡官听到了，正逢全国严打贪污腐败，公粮还没收完，乡里就对老于进行了审查。

村账上确实有四十块钱对不上账，后来在老于和大队会计漫长又艰难的回忆中总算找到那四十块钱的下落。

原来是村里承包机动地时，好地块收三十块钱一亩的承包费，有两亩贫瘠地收的是十块钱一亩。当时人多，会计当好地的钱计账了。

三个月的隔离审查啊，老于脱了层皮，以后再买东西时，能掩藏的尽量藏。有一次去乡里学习文件，回来时割了点肉，正好于二也去割肉，老于忙将肥乎乎的肉塞进黑色公文包里。老于急着开党员会，掏出文件时惊呆了，文件被猪肉油了！

他硬着头皮宣传完文件，那一大块的油渍上仿佛睁着无数眼睛在审问他。

农民想吃肉可以正大光明地挂在洋车把上一晃一晃地拿回家，而"村官"想吃肉得藏着掖着。以后说起这事时，成了十里八乡的笑谈。

大鹏抬腕看表，笑着拿出桌上六摞钱放在老于手里："不早了我得下村了，爸，都多少年前的陈谷子烂芝麻的事了您还记着？您放心，咱的钱来路敞亮不怕查，叔的忙帮不帮的就看您了。"

于二的眼里又升起希冀。

看到于二渴望的眼神，老于脸上漾起笑容，数出三万块钱递到于二手里："都是本家兄弟，咋能不帮呢？一定帮！"

第九辑

曾经芳华

◀ 遇见便是美丽

　　刚刚离婚又下岗的她，因为爱好业余写作，想在文学路上闯出一片天来。

　　理想很丰满，现实却骨感，要想在文学路上闯出一条路来，谈何容易。在群聊中，有一个文友介绍她学习网络编著，她就这样认识了王总编，他很热情，教得也很细心，他说，你和我妹妹一样大，可惜……

　　她想，他的妹妹事业有成，可惜我和她一般大了吧？

　　凭着她的勤奋钻研，居然学得有模有样。当第一本书交稿的时候，她得到了两千元预付金，她索性辞了刚找的做保洁的活儿，专心在家编辑书籍。

　　有一次，由于对电脑知识懂得太少，摸索中错按了一个键，写好的几万字瞬间化为乌有，但删除了就是删除了，怎么找也找不到了，一如她那不顺的婚姻。

　　儿子没在家，索性痛痛快快哭了一场，放弃吗？可工作刚辞了。不放弃？再写几万字得多少天啊！万事开头难，索性打起精神再写。

她猛然想起，早晨曾经发了一章给主编审阅的，忙发信息给主编，主编回复，怎么这么不小心，记得以后要有个良好的工作习惯哦！一个女人，挣一分钱不容易的。

主编很快给她离线传过来一章书稿，还好，只损失了这半天写的。

如果你儿子上学钱不够用，可以预支哦。还有，如果遇到不懂的，不要自己摸索，太费时间，你只要问，我就会给你解答。

看着主编温暖的话语，她的眼睛又湿润了。

儿子放学回来了，恹恹地还伴有咳嗽，她伸手一摸，额头滚烫，她忙找出感冒药给儿子吃上。

躺在被窝里，回想起主编的话，心里居然有了甜丝丝的感觉，怀揣着这份甜蜜，失眠半年的她，很快进入了梦乡。

睡梦中，忽然听见隔壁有动静，她猛地惊醒，原来儿子在说胡话。赶紧把儿子送往医院，值夜班的医生直埋怨，你这个妈妈怎么当的？你儿子都烧成这样了！快住院检查！

一系列检查下来，儿子得了急性肺炎，需要住院观察治疗，要交五千元住院押金。她卡里钱不够，想问父母借点儿，可自己几乎没孝顺过父母，又哪里张得开嘴问父母借。有心问唯一的弟弟借，可一想到弟媳那张大长脸，还是生生把按手机键的手挪开。

情急中，她想到了主编，可她从没给主编打过电话，心里惴惴。护士在那边喊，大姐快来交押金！

不管了，先打电话试试，主编会给预支稿费吗？她心里没底。

一个富有磁性的男音响起，孩子的病要紧，我这就给打！

她顷刻泪奔，今生遇到贵人了。

好不容易儿子出院了，她才得以安下心来编著书籍。主编在电脑那端发来一个微笑表情，你儿子好了吗？如果好了，为了你的速度更快，挣到更多的钱，你可以来我这里学习。

我们编辑都去吗？

不，就你一个人，他们都是资深编辑，不用学习的。

她犹豫了，主编是什么意思？她摸不透，虽然自己没财没色，但防人之心不可无，索性一口回绝了，说儿子上学离不开。

主编发来一个失望表情，你对电脑知识懂得太少，不然你能做个更优秀的编辑。

他是在试探？她无法回答。

你知道吗？我无意中发现了你的照片，很美。

她的心漏跳半拍。

你的忧郁性格和容貌，太像我妹妹了，我们可以见一面吗？

他在向她邀约？她只觉得浑身燥热，索性站起来满屋子转圈。

以你的实力，想要得到更高的报酬是不可能的，除非来培训几天。

难道要以身相投？她踌躇起来。

我真的很想帮你，希望你能过得幸福！

去？还是不去？心里竟然荡起涟漪。

来吧，不用你花一分钱，食宿车费我出。

按下心里千千结，她唯有弱弱答应一句，好。

手机忽然响起，她捂住怦怦跳的心，接了主编打来的电话。

我妹妹离婚了，她儿子出车祸死了，最后她也跳了楼……我希望你能幸福！

听到电话里传来的女声，她愣住了，你原来是女的？

哈哈，对不起哦，那天我在洗澡，是我老公接的电话。主编爽朗地笑了，为了公司的利益，也为了你自己，你能来学习吗？我尽力教你！

她不由得为自己的多情涨红了脸，磕巴连声，我去，我去！

◀ 宁小飞的爱情

九年前，宁小飞十七岁，没考上高中。父亲说，就上职业高中吧，学厨师学挖掘机都成。小飞就选择学厨师。

小飞瘦瘦高高的个子，一双大眼睛透着成熟气息，很讨女孩子欢心。有个女同学叫小雯，主动追小飞，小飞犹豫着答应了小雯的表白。

小雯爱化妆，口红要么妖艳的红，要么魅色系的黑。他们在校园里肆无忌惮地牵手，一起吃饭，一起逃课上外面网吧里打游戏，完全不顾老师的警告。

孩子们出现早恋，和原生家庭有很大关系。小飞的父亲有小儿麻痹后遗症，一条腿发育不良，在村里开个小卖店维持一家生计。这辈子没有被人看得起过，他唯一的希望就是小飞能飞到大城市里去娶妻生子。

母亲痴傻，每天除了吃饭，就是一条裤腿挽到膝盖处，披头散发地逛马路骂大街。

幸运的是，小飞是个健康的孩子。小飞的爷爷看着健康的孙子一天天长大，欢喜溢满村庄。小飞每次大休回家，他都嘱咐小飞学习不好的话就谈个对象回来，农村人最看重的就是子息繁衍。小飞的心里从小就种下娶个好媳妇在城里过日子的梦想。

小雯家住县城，家庭经济条件优渥，是独生女。小雯爸妈爱吵架，吵架成了他们夫妻"秀恩爱"的一种方式。他们一打架就说离婚，冷战几天后又和好如初，和好后没几天又打架。如此往复，本来好好的小日子过得鸡零狗碎。

小雯的青春期来了，好想和妈妈交流一下，可惜正赶上他们吵架，哪里还管女儿的生理和心理变化。

孤独加上叛逆，她喜欢上了化妆，喜欢把自己躲在化妆品背后恣意疯长。她夸张的妆容，让老师很是头疼。反映给她父母，父母就无好气地唠叨小雯。小雯说，你们自己都管不好自己呢，还有脸来管我？父母就骂她，她就离家上网吧，半夜不回家。

好在技校的学习环境宽松，以学技术为主，小飞和小雯的爱情才没有被老师上纲上线。

小雯学的是酒店管理。上职高一年半后，他们跟着老师去定点的上海酒店实习，走在花花绿绿的大城市里，年轻的心躁动不已。小飞戴上厨师帽跟着大师傅打下手，小雯则穿起酒店制服当起酒店服务员。

上大城市住酒店的人们，气质就是和小县城的不一样，这可羡煞小雯。客人走后，她在走廊里一扭一扭地学美女走姿，摇曳生情顾盼生辉。小雯偷偷拍个视频发给小飞，小飞看得心旌荡漾难以自抑。

他们幻想着，以后在大城市里扎根，就能和他们一样光鲜亮丽了。

可现实往往和理想背道而驰。半年实习期一晃而过，小雯成了优秀服务员，因为长相甜美，被正式聘为大堂迎宾小姐，负责接待宾客。

小飞在酒店后台给大厨师打下手，每当师傅忙不过来时，他才会上灶台炒几个小菜。每天被大厨师使唤，小飞觉得炒菜技术被埋没了，小飞就选择回家创业，小雯则选择在大城市生活。两人意见不一致，大吵一架后，分道扬镳。

十九岁的小飞在镇上开了个小饭馆，由于没有人帮忙，早上又不想早起，小饭馆没开多久就黄了，还搭上了老父亲省吃俭用攒下的三万块钱。

小飞急得吃不好睡不好，就觍着脸和小雯聊天，小雯说她新谈个男朋友是本地的，对她很好，等她一过了二十岁他们就结婚。小飞彻底死心了。正好是征兵季节，走投无路的小飞就报了名，没想到还真验上了。

新兵军训期一过，小飞在职高里学的炒菜本事彻底派上了用场，他被分配到炊事班当了炊事员。

部队上的兵来自全国各地，口味不一，为了能让官兵们吃上可口饭菜，小飞善于钻研，对于中国的川、鲁、粤、淮、浙、闽、湘、徽八大菜系都有涉猎，他在部队一干就是六年。回家探亲时听同学说，小雯结婚又离婚了，带着一个女儿现在在县城生活。

小飞就很想去见见初恋女友，看看她的得意抑或是狼狈。总之，小飞就是很想很想再见到她。

小雯在富豪大酒店工作，还是做的大堂经理。她略施脂粉，俏丽的脸蛋上荡着笑意。她的头发高高挽起，一身合体的红色旗袍裹在凹凸有致的身体上，集青春美和成熟美于一身。小飞踏进去的那一刻，被小雯的气质震惊到了。

小雯没有认出这位戴着墨镜的军人就是小飞，问他是吃饭还是住店。小飞的心砰砰乱跳，他谎称是来找人的。小雯说你找谁，我可以帮忙查查住在哪个房间。小飞说不找了，这就走。

小飞跑出酒店，没想到这么多年再见面，狼狈的却是他，心还可以再悸动。

小飞复员了，带着几十万的退伍安置费回到家乡，他没有上事业单位，而是应聘到富豪大酒店当了厨师。他不知道小雯是不是可以重新爱上自己，他只知道，遵从内心选择，今生无悔。

1979 年的白儿鱼

那是 1979 年，还没包产到户，农村里穷得一根草丝都不见。可再穷也得去走亲家呀，走亲家需要四色礼。19 岁的哥哥早早定了亲。眼看八月十五日近，娘愁的白头发又增加了好几根。

哥哥看娘发愁，就说还缺啥，他出去归置。娘说有过年时买的粉条没舍得吃，攒的钱够买六包点心的，肉的钱先赊着，就缺两条白儿鱼了。

白儿鱼通体白色细鳞，嘴略微尖长，身体不胖不瘦，一斤半的样子。也有人叫它白鲢鱼、长江鱼。据说是长江里的特产，以肥美鲜香而出名。

那时候交通不发达，也没有冰箱，供销社里供销的鱼虾都是腌制的。有一种大海鱼切成段卖，一斤四毛钱，小八带鱼一斤要三毛钱，而一斤白儿鱼则需要九毛六。

走亲家的礼品必须成双成对。按照九毛六一斤计算的话，一对鱼需要将近三元钱。当时工分值一天才一毛多钱，买这两条鱼就得一个劳力一个月的工值了。

穷人有对付穷的对策。娘对哥哥说，你大娘家刚走完亲家，你看看她家那条白儿鱼没让人借去吧？咱再买一条鱼配上，你丈母娘留下一条鱼，回来的那条鱼正好还给你大娘。咱们花不了多少钱就能走完亲家！娘颇为自己的小聪明而得意。

哥哥说，我和供销社的小李是好朋友，经常一起打牌。我给他说说，咱先赊着白儿鱼，等有钱了再还他。

娘说供销社里不赊欠的，你去白搭。

哥哥说不试怎么知道？哥哥就去供销社找小李。小李正忙着捉老鼠，喊哥哥帮忙。

哥哥踢一脚小李养的大黑猫，笑骂，随你主儿，懒得腔里爬蛆！

哥哥就在柜台门外面缝隙处等着。一只硕大的老鼠被小李撵出来，哥哥就追着三踩两踩的把老鼠给踩死了。哥哥拎着硕老鼠的尾巴说，如果这是一条白儿鱼该有多好啊！

小李笑，你是想买白儿鱼走丈母娘家了吗？

是啊，我现在就缺一条鱼了，可是我还没借到钱。

那有何难，我刚发了工资，先给你垫吧一条。亏你来得早，就剩一条白儿鱼啦！你等我把这只老鼠埋了洗洗手再来给你拿鱼。

哥哥在柜台外面等小李。在农村里没有可馋的东西，咸鱼腊肉就算是上等菜了。柜台内用草纸包着的那条鱼透着咸香一阵阵飘来，哥哥咽咽唾沫抽抽鼻子，在心里喟叹，可真香啊！

小李出来的时候，哥哥已经走了。小李就想着先把钱给哥哥付上，等空闲了把鱼给哥哥送去。等他去摸鱼的时候，只剩一团皱巴巴包咸鱼的草纸了！

小李生气，我都说了要给你垫吧一条的，你不经过我同意就拿走了，可真不讲义气。

哥哥走完丈母娘家，趁着一早一晚不上工的时间就去山上刨草药、掀蝎子、割草喂长毛兔。大半个月后，哥哥终于攒够大约一条鱼的东西，划拉着去供销社卖。他兴冲冲地喊小李，小李小李，这些兔毛和药材能换一条鱼，快给我一条白儿鱼！

小李慢悠悠收了钱，阴阳怪气，那天你不是拿走那条鱼了吗？怕你不承认，包鱼的纸我还留着呢！

哥哥一下子愣住，半晌才讷讷说，是啊，是啊，我咋忘记了呢？

见哥哥垂头丧气，娘问怎么啦？哥哥说了事情经过。娘傻眼了，你不会告诉他你借了大娘家一条鱼，又借了二大娘家一条鱼，丈母娘留下一条鱼，你还欠你二大娘家一条鱼吗？

当时供销社的老王回家了，就小李和我，小李去后院了，就我一个人在场，没有第二个人做证……唉！算啦，我再去山上倒腾半个月吧！

每天在生产队出工就很累了，望着哥哥早出晚归的背影，娘落泪，唉！无父的男孩早当家。

哥哥再出现在小李面前时，更黑更瘦了。小李面容讪讪，默默收了蝎子和远志，递给他一条超过一斤半重的大白儿鱼。

哥哥不再和小李亲近，却迷上用兔毛、药材等产品来换钱，从此再也没有因为钱的事犯过愁。

改革开放后，村供销社门头被老王承包，一次闲聊时老王对哥哥说，其实那年你走后，小李养的那只大黑猫一下窜到白儿鱼跟前，它对那条鱼垂涎很久了。鱼太咸了它没吃完，后来我们清理猫窝时发现了。

哥哥唏嘘良久，长叹一声，唉！不就是多爬几次山多翻几块石头吗？破帽子常戴，吃亏人常在。

◀ 护士小嘉

四院里报名去疫区的名单公布了，只有一个护士名额，正等着院长做决定。

谁也没料到，李护士长把状告到了院长那里，反对小嘉报名。

护士小嘉从县妇幼保健院调到市四院工作，四院是孤儿院定点的医疗机构，小嘉被分配在儿科病房里专门照顾生病孤儿。

小嘉长着一双大大的眼睛，笑起来时，眼睛和小嘴一样弯弯，显得既调皮又真诚，小孩子们都愿意和小嘉玩儿。

小孩子们喜欢小嘉，并不代表大人也喜欢。这不，李护士长把状告到了院长那儿。"院长，小嘉还是从哪里来回哪里去吧，她不能胜任这个工作。"

院长眯起眼睛，仿佛第一次认识李护士长一样。"据我了解，大家对小嘉给予很高的评价呀。你倒是说说，她怎么不能胜任了？"

李护士长干咽一口唾沫，觉得自己似乎来得唐突了，可想起小嘉的所作所为，又气不打一处来。

李护士长说，那次她去病房检查，正看到小嘉在哄患儿吃饼干。患儿手里拿着一块饼干，小嘉拿着一块，小嘉说，来来来小朋友，阿姨吃一块，你吃一块！患儿飞快地把饼干吃完了。还有一次，李护士长看到小嘉在喂患儿喝牛奶，小嘉说，来来来小朋友，阿姨喝一瓶，你喝一瓶，看看谁喝得快。患儿的一瓶喝没了，小嘉那瓶也见了底儿。

"院长您说，孤儿吃的喝的都是国家免费供应的，像小嘉这样，明显在占国家便宜。所以，您还是把小嘉调回原单位吧。"

"小李呀，你不能这么说，从福利院里来的孤儿本来就是残疾儿居多，只要他们能吃得下东西，身体健康出院，就是为国家做贡献了，小嘉吃那点东西算什么。"

李护士长叹口气，"唉！院长您也知道的，那些患儿大多有原发性疾病，像梅毒、艾滋病、丙肝等。小嘉这样和他们一起吃东西，我怕她也被传染上。您记得那次咱们医院给一个患儿做手术了吗？小嘉递器械时，不小心碰到针头扎破了手，给她紧急打了艾滋隔断针。呕吐眩晕等毒副作用一下子上来了，差点没把小嘉折腾死。小嘉太年轻，不知道防护，所以，这次去支援疫区，我坚决反对小嘉去。"

"可是疫区也有很多患儿需要照顾啊，小嘉虽然调皮，但很有耐心，很能抓住患儿的内心。我觉得她去比你去更合适。"

李护士长眼圈红了，"院长，我是党员，她不是！您不是经常教导我们，遇到困难，党员一定要冲在前面吗？我又是护士长，有多年的护理经验，去疫区唯一名额，非我莫属！"

院长起身，紧紧握住李护士长的手："你是好同志，可家里还有生病的老人和孩子需要你照顾啊！"院长也红了眼眶："小嘉不是党员，但她是预备党员，她也一直以一个党员的标准来要求自己。她是你师妹，你是想保护她才这样说她的吧？"

"小嘉还那么年轻，什么都还没经历过，如果万一……"

"没有万一！无论你们谁去，记住，都得给我平安回来！"

李护士长的眼睛湿润了，"花朵一样的年纪，既然要以身涉险，就让我这个做师姐的先去吧！"

"去不去不是你说了算的，小李，回去等命令吧。"

李护士长出去后，院长找来请战报名表，看到小嘉名字，凝神片刻，郑重勾选。

援疫区医疗队明天就要去省城集结了，院长来到儿科病房，每一间认真搜寻，看到小嘉后，院长的眼睛定格。

"来来来，阿姨吃一口，小乖乖吃一口。"小嘉甜美的声音在病房里响起，暖冬的阳光从玻璃窗照进来，小嘉和患儿就沐浴在金色阳光里，画风和谐温馨。

多青春的女孩子啊！院长揩揩眼角走出去，挺拔的身子佝偻了几分。

这个刚调来不久的女孩，大家都知道是李护士长的师妹，但大家不知道的是，她是院长唯一的女儿。

第十辑

清正廉明

◀ 不是一只鸡的事

　　一只五彩羽毛公鸡在天空划过一道美丽弧线，瞬间淹没在房舍里不见了踪迹。

　　老王赶紧撒丫子去追，那可是他喂的走地鸡，一只能值二百元呢！只要村书记答应给报批宅基地，搭上一只鸡算什么。没想到，绑得好好的鸡竟然在他和书记打招呼时挣开绑腿的绳子飞走了。

　　老王飞奔出巷道，跑上大路，一路顺着鸡飞飞停停的路子追去，追了足足半里路，才在村子东南角一家院墙上看见它歇息的身影。

　　老王一个飞扑，鸡许是累了，一头栽倒进院子里不见了。

　　这是郭副县长的家。老爹去县城儿子家了，想要拿回这只鸡得爬墙。墙是红砖垒的，外面抹了水泥光溜溜的，老王找了好几个角度都没爬上去。

　　老王转到大门口，赫然发现大门敞开着，老爹就坐在院子里的小圆桌旁，一边撕着烧鸡一边哼唱柳琴戏。老王看到自家那只五彩公鸡正在院子里自来熟一样闲逛。老王有心不要鸡了，又舍不得。

老王徘徊的身影早就被老爹看见了，他兀自一边哼着戏曲一边喝酒。

老王小声响喽响喽唤鸡，那只鸡还没玩够，懒得看老王，老王就尴尬地站在大门外。

老爹犀利的目光瞟向门外，声若洪钟喊，脚都站大了也不进来坐坐？

老王这才讪笑着走进院子，大爷喝酒呢？我大哥没回来吗？

别提那小子！来，陪大爷喝一杯。

老爹起身洗一只杯子，倒上酒放在老王面前。老王一只眼去看杯子里的酒，一只眼瞟着院子里的鸡。

老爹目光如炬，你知道我回来了，还送了一只鸡来？

老王的心顿时拔凉拔凉的，看来，鸡是抱不走了。只得讪讪道，大爷，我孝敬您的，我家里还有。

老爹乜斜老王一眼，举起酒杯，来，陪你大爷喝杯酒。

老王只得坐下，和老爹喝酒拉呱。大爷，你在大哥家住得好好的，怎么回来了？

唉，别提了，在儿子家冬有暖气夏有空调，就是太管得上，进门得脱鞋，睡前得洗澡。我回来，主要是想村里的老少爷们了。对了，你儿子考上大学了吗？

那小子学习不好，早就不上学了，今年二十岁，搞了个对象，正愁没新房结婚呢！

那就盖呀！

唉！村书记说，上面有文件，现在不批宅基地。我家您孙子眼看要结婚了还没新房，您说急人不？现在不建新房的话，和他结婚挤到一块儿，能让钱挤死！唉！现在的官没有一个办实事的。

老爹眼神幽幽，那你就和书记好好说说。

可我听书记嫂子说过，如果人家给你送礼你不收，他会以为你不给他办事，还不如收了让他安心呢！所以我就送了一只鸡。大爷您说，这个礼是不是太轻了？

老爹哼一声，官给民办事理所当然，一只鸡二百多，这礼不轻。

老王喜出望外，大爷，下面的官不办事，要不您给哥打个电话问问？

老爹立刻摇头，不行，我临回来时你哥给我约法三章：一、不能收别人钱财；二、不能传话；三、不能让别人替我干活。我满口答应，他才送我回来的。

老王和老爹喝完酒，许是老爹喝醉了，没说让老王把鸡抱走，老王也就没好意思要，就当孝敬他老人家了。

老王左思右想，实在不行就在自己责任田里建新房。可是出了图斑怎么办？会被当违建拆除的。几十万岂不是打了水漂？老王一筹莫展。

十月一工厂放假，儿子领着儿媳回来了。儿媳嫌弃地看老房子的眼神刺痛了老王。正在老王难受时，村书记在大喇叭里喊老王名字，让他去大队院里登记一下房产手续。

村书记说，刚下来的文件，现在农村房屋重新确权，男孩到21周岁就能申批宅基地了。你家孩子20岁了，可以先老屋重建，老屋确权还是你的名字。等你儿子年满21周岁后，再申批个宅基地当你养老房，写你儿子名字就行了。你现在抓紧盖新房好确权。

老王喜出望外，书记没收礼也给他办成事了，他千恩万谢。书记说，你要谢就谢老爹吧。

难道是老爹给县长儿子传了话才解决了这件事？看起来那只鸡"送"得值！

老王高兴地走出大队院，正好碰上老爹。老爹把怀里抱的五彩公鸡塞给老王，喏，你的鸡。

老爹，是您给大哥说了我的事吗？真的太感谢了！

老爹愣了，我没给你大哥传话呀，你的事解决了？

解决了，书记让我先翻盖老房子再办房产确权，他说还让我感谢您。

老爹回想再三才猛然想起，儿子那天回来看他时，他和儿子家长里短地聊了一会儿，至于聊没聊老王的事他忘记了，他只记得儿子临走说，村书记得好好学习法律法规和新政策了。

老爹歉意地说，大爷不是想要你的鸡，是那天喝糊涂了忘记了，我这几天找了大半个村子，今天才捉到它。

老王死活不收那只鸡，老爹撂下就走。老王决定把鸡杀了炖好，再找老爹喝酒去。

（本文获第二届"尚法杯"征文优秀奖）

◀ 爱照相
·················

父亲爱上了摄影，喜欢在各种新媒体上晒摄影作品。他尤其爱拍儿子秦汉的照片。

秦汉自从当上镇委书记以来，他的照片没少在父亲的各种账号里出现。秦汉十分反感，觉得父亲有显摆的意思。但父亲就是不改，他说也没用。好在他老人家也没有发什么敏感照片，秦汉只能睁只眼闭只眼地不去管他了。

那年镇上橱柜厂邀请秦汉去剪彩，父亲说要去拍照发圈。秦汉刚好需要人帮忙宣传一下镇里引进外省资金的事，就带着父亲去了。剪彩时，父亲拍了很多照片，剪完彩还到办公室里闲坐，橱柜厂老总问秦汉，这位是报社记者吗？秦汉说是自己的老爹，爱好摄影。老总便递过来一个红包，说："那就是一家人。我们是外乡人，还请秦书记多照顾。"秦汉忙拒绝说："你为我们山区安排剩余劳力，我们应该感谢你才对。"父亲也直摆手，说："这么精彩的时刻，我只想用照片记录一下。"

秦汉因为政绩不错，很快当选为副县长，主抓环境污染。他联合环保部门，该改建的改建，该关停的关停，干得热火朝天。这时却有一封匿名举报信送到纪委手里，检举秦汉在任镇委书记期间收受红包，并配有照片。

秦汉觉得冤枉啊，可人家有照片为证，照片里正是他和父亲那天在橱柜厂剪彩时的情景。秦汉实在想不出自己得罪过谁，他只知道，父亲的新媒体天天更新他的动态，他可从不敢给父亲脸上抹黑。

好在，经过相关部门多番查证，秦汉最终洗脱了嫌疑。据说也是一沓照片证明秦汉确实没有收那个红包。秦汉觉得奇怪，到底是什么证据可以帮他洗脱嫌疑的呢？

那天，秦汉特意回了一趟老家，想问问父亲是否知道是怎么回事。父亲什么也没说，只往脖子上挂了个相机，拉着秦汉去村里走走，说要再给他拍些照片。刚走出去，他们便遇到二婶。二婶说："多亏你给你弟弟介绍了工作，他现在工作安稳，还谈了对象。"秦汉说："我只不过是人尽其才。"一会儿又遇到养猪的二胖，二胖说："多亏你帮我在半山腰建了猪圈，又不污染又干净卫生。"秦汉只说："那是我应该做的。"就这样，每每遇到乡亲们，大家都对秦汉一阵夸，这让秦汉这些天来的愤懑情绪得到了缓解。

正在这时，迎面遇到在橱柜厂上班的大山，他握住秦汉的手说："你没事啦？那我赶紧告诉工友们去！"秦汉觉得，大山肯定知道那沓照片的事，忙拉住问他。大山笑着说："那天天气热，你们开着窗，我们看到你们在里面跟厂长聊天，都学着你爸那样，拿着手机在窗外一阵猛拍。前段时间得知你被人告了，我们大伙都去翻当时的照片，结果东拼西凑，发现从红包拿出来，到最后被老总收进抽屉里，都被拍了照片，几乎可以像录像一样还原现场了。"

秦汉看见父亲又在一旁拿起了相机，不由得站直了身子给父亲摆了个正姿。身正不怕影子斜，他再也不反对父亲拍照了。

（本文发 2024 年 5 月 21 日羊城晚报花地版）

◀ 都是筷子惹的祸

马洁清当副县长了！这一消息在村里传开，不啻一枚小小炸弹在村子上空爆炸。村里人议论，这下好了，咱们村可有撑腰的了，往后有个大事小情的，不用再求别人了。随后就有谣言传出，说马洁清收了村里马二少爷的象牙筷子，才给他批了地，建了厂房。

马老汉一听这话就急了，马二少爷的爷爷是地主，自然有私藏下的宝物。那双象牙筷子他是见过的，说像骨头吧还半透明，说像玉石吧还有质感，说像瓷的吧，还温润无比。反正那感觉就是，无论谁看一眼都想占有。马老汉当年在大队部里当会计时，老村长就因为收了马二少爷的象牙筷子，不但退了赃，还被免了职。

马二少爷从小就鬼精灵一般，是个不见兔子不撒鹰的主儿，他利用完老村长又告了他，事情办了还没损失什么，简直是阴魂成了精——鬼精得很！

马老汉坐完手扶拖拉机坐客车，下了客车雇蹦蹦车，一路马不停蹄地向儿子家杀来。

马洁清正吃晚饭，看到气喘吁吁的老爹，忙笑脸相迎，爹，这么晚了，您怎么来了？

老爹一个大嘴巴子扇过去，你这越活越抽抽的东西！敢受贿了？长大本事了是吧？啊？！

儿媳看见自己男人挨打可就不干了，爹，您说您一来就发这么大的火，您也得让我们明白原因吧？

老爹看看儿媳，气不打一处来，好！我这就找证据给你看！

老爹左右撒目，看到饭桌上两双白色筷子像一对鸳鸯似的依偎在一块儿。老爹冲上前，一把抄起筷子，看！这就是证据！马二给你送的贿赂！喏！有了这么高级的筷子还喝上酒了？还点了蜡烛了？还配了六个菜肴？啧啧！我孙子住校，你们俩也吃得了六个菜？

马洁清气笑了，爹，生活这么美好，难道就不兴我们奢侈一回？

屁！你赶紧交代，马二送你的象牙筷子呢？

爹，当时他真拿了一双象牙筷子给我，我没收。

那你怎么那么痛快地给他办事？

他想办民营企业，是好事，县里支持，所以各部门办事效率很高，就给他办好了。

可村里人都传，你收了他的象牙筷子！

爹，爹！您看，我这个是瓷筷子，景德镇生产的，看，还有刻上去的商标呢！

那你这筷子收的谁的？抓紧给退回去！当官就要为民做主，别整那些没用的里格隆，丢人现眼！

爹，这是我花二十六块钱在淘宝网上买的，十双。不信您看我手机，还有下单信息呢！瓷筷子不沾油，没有细菌滋生，火点不燃，水浸不怕，便宜又高档，平民都消费得起。哈哈，爹，您儿子好歹也是副县长了，难道还享用不起平民用的东西吗？爹，咱们用象牙筷子吃饭吧！

其实……其实我也不相信我教育出来的儿子会受贿，可老村长清廉了一辈子，就毁在那双象牙筷子上，惊心呐！

马老汉摸摸筷子，感受着那温润如玉的质感，疑惑，你确定这真是瓷质的？

爹，您绝对放心，这就是瓷质筷子，保证是原装正统景德镇烧出来的瓷器！

你真确定不是宝物？

马洁清愣了一下，哈哈大笑，爹，等它们流传到您重重重孙子辈时，也许会像出土的青花瓷一样成为宝物。

马老汉也笑，好，那你就把这十双筷子都给我吧。

您和我妈有两双就够了，您要那么多干嘛？

看到这筷子，跟我当年看到象牙筷子一个感觉，想占为己有。这么高贵的筷子得有好菜配，得有小酒酌，还得点着蜡烛要氛围。沉浸其中后，就会生出好多欲望来，我是怕你像商纣王一样，象牙筷子还得配肉糜……

爹，今天是我和淑珍结婚二十周年纪念日，我们俩平时工作忙，很久没有这么聚了，所以想浪漫一下来个烛光晚餐。爹，瞧您都破坏了我们的气氛啦！

真的？马老汉回想一下，今天确实是儿子的结婚纪念日，看看儿媳红扑扑的笑脸，再想想自己刚才的作为，马老汉端着酒杯，尴尬笑了。

（本文获"景德镇筷子"征文优秀奖）

◀ 追　日

山，是光秃秃的石头山，村，是坐落在山坳里的穷山村，稀稀拉拉几棵歪脖树，鸟都不稀罕停留。

张颖到达山坳村时，正是晌午时分，太阳浓烈得睁不开眼睛。村支书老于看着张颖圆圆的娃娃脸，神情犹豫："您是'第一书记'？看你女娃儿年纪不大嘛！"

"二十九，不小啦。"张颖打量一下石蛋遍地的山头，轻快回答。

"哦，怪不得呢。"

"怎么啦于书记？"张颖半开玩笑："看我年轻，办不成大事吗？"

于书记讪笑："不是不是。以前的驻村书记都是中年人呢。"

"他们改变咱村的贫困面貌了吗？"

"嗐！要是改变了，就不用再派你来了。"

老于陪着张颖满山转悠，仅有的几块山地里种了谷子地瓜和花生，大太阳下，蔫头耷脑的没有生机。

"于书记，咱们村可以搞养殖业，山窝石缝里有草。"

"以前搞过，但都限制在没有粮食上了。纯喂草牲畜不长，喂饲料成本高，还不如出去打工。"

"养殖业不行，那咱就在石窝子里栽果树。"

"栽树需要水吧？嗜！"老于用手一指，"那儿打过机井，头天晚上还满满一井水，第二天出地漏成了干井筒子。"

"我们一起来摇呀摇太阳，不要辜负那好时光……"手机铃声响起，一看号码，张颖立马挂了电话。手机铃声再次响起，张颖不耐烦接起，"现在结婚你想都不要想！"张颖说完又挂了电话。

"女娃儿到了一定年纪该结就结吧。"老于说。

"他反对我上这里当'第一书记'，我不想结。于书记，你回去吃午饭吧，我再转悠一下。"

老于晒笑一声，转头就走，连吃工作餐都懒得管她。别说是下来走过场镀金的干部，就算是真金到了这村，也早晒化了。因此，几任扶贫书记都是满怀壮志来，蔫头耷脑去。

石头山，破村落，年轻人都奔了大城市，村里只剩下老弱病残。

张颖找个歪脖子树靠着喝水，就职时的誓言还在耳边回响：我志愿去最艰苦的地方做扶贫"第一书记"，一定让群众脱贫致富……

老于到山下再回头望，张颖还站在山顶对着大太阳比划，看得老于眼晕。唉！上级派来的，想干啥就干啥吧，穷山沟翻不出金元宝来。

张颖围着山头转了又转，电话又不合时宜地响起，张颖索性接了。那头传来张颖对象晓易的声音："颖颖别挂，你听我说，山坳村我前几天考察过了，有个致富项目特别适合……"

张颖听完晓易的主意，紧拧的眉舒展开来。"真有你的，你为啥对这个村这么感兴趣？你不是反对我上穷山沟任'第一书记'吗？"

"还不是想等你做出政绩好结婚吗？我都三十了，三十了！再不结婚连孙子都耽误了。"

"就你嘴贫。"张颖笑着挂断电话，多日来的不快烟消云散。

"你说什么？太阳能发电？还投资几十亿？"村大队部里，老于惊讶地看张颖，"这真是个新鲜玩意儿，不行的话岂不劳民伤财？"

"咱们前期可以少投，先弄试点。试点成功了，可以申请国家贷款。于书记您看，咱们石头山可是一块宝地呢，从早到晚阳光充足，正适合上光伏发电项目！前期投资，4-6年收回成本，后期只坐在家里收钱就行了，里面利润大着呢。"

"要投你们投，我们村可没钱！"老于脖子一梗，"若真赚钱了，我们村给你分红！"

"原则上倒真是谁投资谁受益的。村里实在没钱投资的话，我来解决。"

此后一个多月没见张颖的身影，老于一开始还蹲在村头翘首企望，后来也只当年轻人心血来潮，他就自顾自去忙别的事情了。

三个月后，老于正在村头老榆树下打盹，张颖喊："于书记，俺回来啦！筹资成功！"

老于看到张颖后"霍"地站起:"女娃儿,你咋瘦成这样了?"张颖圆圆的娃娃脸变成瘦削的瓜子脸,眼睛里满是疲惫。

"哈哈!瘦怕什么,就当减肥了。咱们这个资还真不好筹,"软磨硬泡来的投资方、说服晓易拿出的彩礼钱、买婚房的钱等。"咱们找的这个投资方一听说是扶贫项目,他们只要咱们给还上成本,利益都是咱们村的!"

老于两眼放光,"那还等啥?张书记,行动呀!"

挖掘机上山、平整土地、在石头上打桩、焊接太阳能架、太阳能板的选择与安装、光伏并网,所有事情都是张颖在跑前跑后,老于想帮忙,但在这么能干的女娃儿面前,他却显得笨手笨脚。

张颖还在一天天消瘦,老于心疼啊,忙吩咐老伴儿杀鸡熬汤,亲自端上工地。张颖没喝两口,又被叫起处理事情了。老于那个急呀,多好的女娃儿啊,可不能累坏了。

光伏发电站建成那天,老于杀了自家的羊,端来自家酿的黍米酒,他谁都不敬,只敬张颖。张颖说:"4-6 年内见不到回头钱,您敬早了。"

老于喝一口酒粗门大嗓说:"就敬你这敬业精神,真有开国初期那些党员的样儿!等赚了钱,我们村给你分红!"

张颖笑着说:"俺可不要分红,您只要把俺的婚房钱和彩礼钱还了就行。"

老于打定主意,只要光伏发电能盈利,一定给张颖包个大红包当嫁妆。老于的红包还没包好,张颖早已和丈夫晓易去援藏了,那里阳光充足,水草丰美,是个追日的好地方。